# 圖解
# 校園英文單字片語

◎ 李冠潔 著 ◎

書泉出版社 印行

- 很多讀者念英文，但所念之英文是否符合自己需求，是否和美國學生用的英文一樣，讀者未必清楚。

- 有鑑於此，本書著重「校園」有關之英文學習，以及「美國學生」常用且必備的英文單字及知識，如此，才能融入真正的國際英文學習環境中，才具備一流的國際競爭力。

- 本書第一篇，聯想主題篇，作者將校園以及生活之各種情境主題分門別類，將相關單字通通歸在一起，如此，有助於讀者了解相關主題之單字片語以及相關搭配。

- 本書第二篇，實力養成篇，將最重要之必備單字，輔以實用例句，重要單字並加上片語，這些都是美國學生掌握的單字及片語，我們當然也要全部掌握。

- 本書第三篇，詞類變化篇，將常見之單字，以詞類變化方式展現，比如一個單字有動詞及名詞，將兩字同時列出，如此便能短時間內增加單字量！像compose是動詞，而composition是名詞。當然，每個單字都附有實用之例句。

- 本書第四篇是同義反義篇，同時了解其同義或反義字，比如export和import，前者出口，後者進口，同時掌握，不是一舉兩得？

- 本書第五篇是形似篇，將外表相似的單字整理在一起，比如awake和await，這兩字看起來好像，您能說的出它們的用法嗎？學習時需仔細區分，如此，才不會「是貓是狗，都是四隻腳」分不清楚。
- 本書第六篇是片語篇，作者將最實用的片語整理在一起，而且依照一定規則排列，比如，跟up有關的片語，blow up／break up／clear up／give up／hold up／make up／meet up等等共數十個，全部整理在一起，如此很好背很好學，學習效果最有成效。
- 本書篇章之清楚，單字片語蒐集之完整，片語整理之排列，有助於讀者在最短時間內吸收最實用最精準的校園英文，進而掌握和美國學生一樣的單字和片語。

# Contents 目錄

# 聯想主題篇

第 1 篇

## 學校學院及其衍生

**school** [skul] n 學校

My elementary **school** is near my home.
我的小學離我家很近。

**academy** [əˋkædəmɪ] n 學院

She went to the **academy** of arts to study fashion design.
她到藝術學院學習服裝設計。

**academic** [͵ækəˋdɛmɪk] adj 學院的；學校的

He obtained scholarship because of his excellent **academic** achievement.
他因為優異的學業成績而得到獎學金。

**college** [ˋkɑlɪdʒ] n 學院；大學

Tom learned how to take care of himself in **college**.
湯姆在大學期間學會了如何照顧自己。

**campus** [ˋkæmpəs] n 校園；校區

Please don't smoke on **campus**.
在校園內請不要吸煙。

**university** [,junə`vɝsətɪ] n 大學

N. Y. U. has many students.
紐約大學有很多學生。

**major** [`medʒɚ] v 主修；n 主修；adj 主要的

Her beauty is a **major** factor of her success in the match.
她的美麗是她比賽成功的主要因素。

**major in** 主修

I am a student **majoring in** international relations.
我是主修國際關係的學生。

## 教育及其衍生

**education** [,ɛdʒu`keʃən] n 教育

She started working after completing secondary **education**.
在完成中等教育後，她就開始工作了。

**higher education** 高等教育

He received **higher education** in the United States.
他在美國接受高等教育。

**education background** 教育背景

The employer wants to know candidates' **education background**.
雇主想知道求職者的教育背景。

**education system** 教育體制

France has undergone several changes in the **education system.**
法國已經經歷了好幾次教育制度的改變。

## 學校建築物及其衍生

**dormitory** [ˋdɔrmə,torɪ] n 學生宿舍

Lucy keeps a dog in her **dormitory**.
露西在她寢室裡養了隻狗。

**apartment** [əˋpɑrtmənt] n 公寓房間

We have just moved into our new **apartment**.
我們剛搬進我們的新公寓。

**building** [ˋbɪldɪŋ] n 建築物

This **building** is the symbol of the city.
這幢建築是這個城市的標誌。

**build** [bɪld] v 建築

I saw a newly **built** station in New York.
我在紐約看到一座新蓋的車站。

**architect** [ˋɑrkə,tɛkt] n 建築師

The bridge was named after the **architect**.
這座橋是以建築師的名字命名的。

**architecture** [`ɑrkə,tɛktʃɚ] n 建築學

This hotel adapts the style of Victorian **architecture**.
這間飯店採用了維多利亞式的建築風格。

## 畢業和畢業典禮

**graduate** [`grædʒʊ,et] v 畢業；n 畢業生

Remember to thank our teachers when we **graduate**.
畢業的時候記得感謝老師。

**graduation** [,grædʒʊ`eʃən] n 畢業；畢業典禮

I joined the military upon **graduation**.
我一畢業就入伍了。

**graduation ceremony** 畢業典禮

My parents seem proud of me at the **graduation ceremony**.
在畢業典禮上我父母看來很為我感到驕傲。

**graduation speech** 畢業生致詞

A politician was invited to give a **graduation speech**.
一名政治家被邀請發表畢業致詞。

## 教授老師及其衍生

**teacher** [ˋtitʃɚ] n 老師；教師

The **teacher** graded the papers and gave me a B.
老師給考卷評分，給了我一個B。

**teach** [titʃ] v 教；講授

In due time, I will **teach** you how to swim.
在適當的時候，我會教你游泳的。

**professor** [prəˋfɛsɚ] n 教授

The **professor** began his lecture with a funny story.
教授以一個有趣的故事開始上課。

**assistant professor** 助理教授

The **assistant professor** oversees students in conducting experiments.
助理教授監督學生們做實驗。

**instructor** [ɪn`strʌktɚ] n 大學講師；教練

The **instructor** is strict in grading exams.
這名講師評閱試卷很嚴格。

**instruct** [ɪn`strʌkt] v 教授；指導

The students were **instructed** to complete the essay in an hour.
學生們被指示要在一個小時內完成文章。

**instructive** [ɪn`strʌktɪv] adj 有教育意義的

This field trip to the sewage farm is really **instructive**.
這個到汙水處理廠的戶外教學非常具有教育意義。

## 演講和演說

**lecturer** [`lɛktʃərɚ] n 講演者

The math **lecturer** has an interesting teaching style.
那位數學講師的教學方式很有趣。

**lecture** [`lɛktʃɚ] n 演講

Some people are dozing off during the **lecture**.
一些人在講課中打瞌睡。

## 聯想主題／教授和演講、文化學習

**speech** [spitʃ] n 演講；演說

I am not going to make a **speech** at the meeting.
我不會在會議上演講。

**deliver／give a speech** 發表演講

The president just **delivered a speech** to the graduates.
校長剛剛對畢業生發表了一段演講。

教授和演講

文化學習

### 文化和農業

**culture** [ˋkʌltʃɚ] n 文化

The topics in this book range from art to **culture**.
這本書的主題包含藝術到文化。

**cultural** [ˋkʌltʃərəl] adj 教養的；文化的

Most international students have experienced **cultural** shock.
大部分的國際學生都有經歷過文化衝擊。

**agriculture** [ˋægrɪ,kʌltʃɚ] n 農業；農學

Organic **agriculture** will be the future trend.
有機農業是未來的趨勢。

**cultivate** [ˋkʌltə,vet] v 耕種；耕作

In ancient times, farmers **cultivated** the land by hand.
古時候，農民用手耕地。

**cultivation** [ˌkʌltəˋveʃən] n 耕作；栽培

He has been researching on mushroom **cultivation**.
他一直以來都在研究蘑菇的栽培。

**farming** [ˋfɑrmɪŋ] n 農業

The **farming** was badly affected by the flooding.
農業受到水災的嚴重影響。

## 學習和複習

**learn** [lɝn] v 學習

Lily was born with the ability of **learning** languages.
莉莉天生具有學習語言的能力。

**memorize** [ˋmɛməˌraɪz] v 記住

You should **memorize** all the formulas before the exam.
考試前你必須記好全部的公式。

## 聯想主題／文化學習

**acquire** [ə`kwaɪr] v 取得；學到

We have **acquired** English conversation skills in this class.
在這堂課我們學會了英語對話技巧。

**go over** 溫習；複習

The instructor **went over** the handout with us.
講師和我們溫習講義。

**study** [`stʌdɪ] n 學習；v 學習

Henry is determined to **study** hard from now on.
哈利決定從今往後好好學習。

**study carefully** 仔細研讀

**Study** the ingredients **carefully** before taking the supplements.
在服用營養品前，仔細研究成分。

**study intensively** 鑽研

We have been **studying intensively** on this herb.
我們一直在鑽研這種草藥。

### 出席缺席

**present** [`prɛzn̩t] adj 出席的

Only half of the class was **present** today.
今天只有一半的學生出席。

**absent** [ˋæbsn̩t] adj 缺席的

She is **absent** today because she got a cold.
她今天缺席是因為感冒了。

**absence** [ˋæbsn̩s] n 不在；缺席

Henry made up an excuse for his **absence**.
哈利為他的缺席編了個藉口。

**home** [hom] n 家；adv 回家

Would you like to go on a picnic or eat at **home**?
你想去野餐還是在家裡吃呢？

**homework** [ˋhom,wɝk] n 家庭作業

I am going to finish my **homework** in 2 hours.
我將在兩小時內完成我的家庭作業。

**homesick** [ˋhom,sɪk] adj 想家的

I am getting **homesick** after leaving home for a year.
在離家一年後我想家了。

**house** [haus] n 房子；住宅

It’s about 5 miles from my **house** to the park.
從我家到公園大約五英里的路程。

聯想主題／家居生活

**housekeeper** [ˋhaus,kipɚ] n 女管家

The **housekeeper** just cleaned the hotel room.
客房清潔員剛打掃了飯店房間。

**housewife** [ˋhaus,waɪf] n 家庭主婦

**Housewives** have a lot of house chores to do.
家庭主婦們有很多家事要做。

**housework** [ˋhaus,wɝk] n 家事

Jane was forced by her stepmother to do **housework**.
珍在她的繼母的強迫下做家事。

## 生活空間及其衍生

**living room** n 客廳

Let's bring everything to the **living room**.
我們把東西都拿到客廳去。

**live** [lɪv] v 居住；活

It is very convenient to **live** by the supermarket.
住在超市旁邊很方便。

**alive** [ə`laɪv] adj 活著的；現存的

Those badly injured passengers are still **alive**.
那些傷勢嚴重的乘客還活著。

**bathroom** [`bæθ,rum] n 浴室

He is taking a bath in the **bathroom**.
他正在浴室洗澡。

**bath** [bæθ] v 洗澡

She is **bathing** with her roommate.
她正在和她的室友一起洗澡。

**take a bath** 洗澡

I **take a bath** every day in the summer.
夏天我每天都洗澡。

**take a shower** 做淋浴

I **take a shower** every morning before going to work.
我每天早上上班前都會沖個澡。

**bedroom** [ˋbɛd,rum] n 臥室

She keeps some flowers in her **bedroom**.
她在她臥室裡養了一些花。

**bedtime** [ˋbɛd,taɪm] n 就寢時間

It's already my **bedtime**, I'll talk to you tomorrow.
已經是我的就寢時間了，明天再和你聊。

**sleep** [slip] v 睡覺

I couldn't **sleep** last night because I was missing you.
昨晚想著你都沒睡著覺。

**sleepy** [ˋslipɪ] adj 想睡的

She starts to feel **sleepy** after 10 hours of work.
在工作十個小時後她開始想睡覺了。

**asleep** [əˋslip] adj 睡著的

I'll stay with him until he falls **asleep**.
我會一直陪著他直到他睡著。

## 清潔洗衣

**clean** [klin] adj 清潔的；v 清除

My wife keeps the house: she cooks and **cleans**.
我的老婆當家，她做飯，打掃。

**clear** [klɪr] adj 清澈的；v 清除

The river is so **clear** that I can see the bottom.
河水很清，都可以看到河底。

**clear away** 收拾；清除

The waitress **cleared away** the plates on the table.
服務生把桌子上的盤子收拾乾淨。

**clear out** 清除；把…清出

Lots of trash was **cleared out** from the storage room.
從倉庫裡清出很多垃圾。

**wash** [wɑʃ] v 洗

Remember to **wash** the cup after using it.
記得用完杯子之後要洗杯子。

**clothes** [kloz] n 衣服

Mrs. Yang likes to show off her new **clothes**.
楊太太喜歡炫耀她的新衣服。

**laundry** [ˋlɔndrɪ] n 洗衣店；送洗的衣服

Don't waste water when you are doing **laundry**.
當你洗衣服時請不要浪費水。

## 電的相關衍生

**electricity** [ɪ,lɛk`trɪsətɪ] n 電；電流

Energy saving light bulbs are used to save **electricity**.
使用省電燈泡是為了節約用電。

**electrical** [ɪ`lɛktrɪkl̩] adj 與電有關的

Yesterday's **electrical** failure was caused by the lightning.
昨天的停電是閃電造成的。

**electrician** [ɪ,lɛk`trɪʃən] n 電工技師

The **electrician** installed new electrical wiring in my house.
電器技師在我的屋子安裝了新的電線。

**electronic** [ɪ,lɛk`tranɪk] adj 電子的

You can purchase textbooks as **electronic** books.
你可以購買電子書形式的課本。

**electronics** [ɪ,lɛk`tranɪks] n 電子學

Where's the **electronics** section in the store?
店裡的電子用品區在哪裡？

## 電器產品及其衍生

**electrical appliance** n 電器

This store sells a variety of **electrical appliances**.
這間商店販賣各種電器用品。

## 聯想主題／電器電腦

**washing machine** n 洗衣機

This **washing machine** is small and quiet.
這臺洗衣機又小又安靜。

**refrigerator** [rɪ`frɪdʒə,retɚ] n 冰箱

There are fresh fruits in the **refrigerator**.
冰箱裡有新鮮的水果。

**calculator** [`kælkjə,letɚ] n 計算機

A **calculator** is very useful when you are doing mathematical work.
計算機在做數學題的時候很有用。

**turn on** 打開

Even in summer, she rarely **turns on** the air conditioner.
即使在夏天，她也很少開冷氣。

**turn off** 關掉

**Turn off** the computer if you are not using it.
如果你沒有在使用電腦就將它關掉。



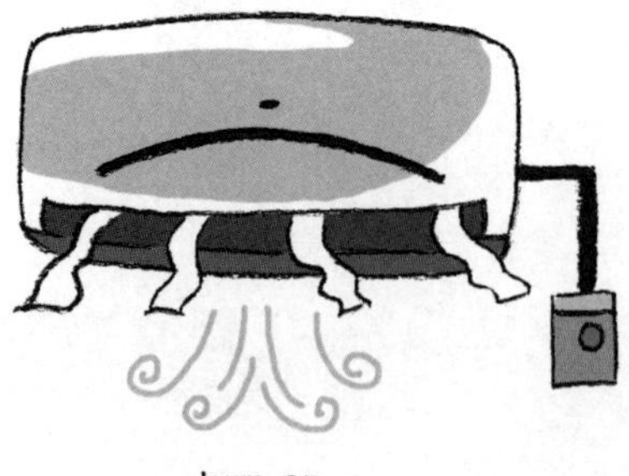

turn on

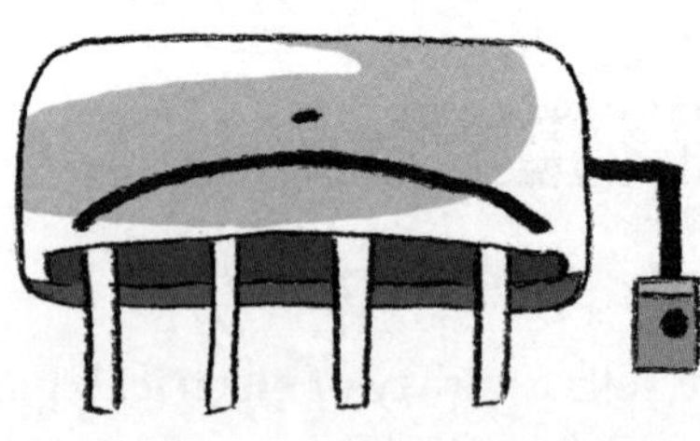

turn off

## 電腦及其衍生

**computer** [kəm`pjutɚ] n 電腦

He is familiar with working on the **computer**.
他在電腦上工作很熟練。

**internet** [`ɪntɚ,nɛt] n 網際網路

There's no access to **internet** on this island.
在這座島上不能上網。

**get on the internet** 上網

I have to **get on the internet** to check my email.
我需要上網查我的電子郵件。

**surf the net** 瀏覽網頁

She has been **surfing the net** all night.
她整個晚上都在瀏覽網路。

**monitor** [`mɑnətɚ] n 螢幕

I bought a new **monitor** with high resolution.
我買了一個高解析度的新螢幕。

**mouse** [maus] n 滑鼠

Click on the link with your **mouse** to access the website.
用你的滑鼠按下連接來進入網站。

**keyboard** [ˋki,bord] n 鍵盤

One of the **keyboard** keys is not working.
鍵盤的其中一個鍵沒有作用。

**typist** [ˋtaɪpɪst] n 打字員

She works as a **typist** in a trading company.
她在一家貿易公司當打字員。

**type** [taɪp] v 打字

Could you **type** this essay out for me?
你能幫我把這篇文章打出來嗎？

**typewriter** [ˋtaɪp,raɪtɚ] n 打字機

**Typewriters** were replaced after the invention of computers.
打字機在電腦的發明後被取代了。

**machine** [məˋʃin] n 機器

With the new **machines**, the workers doubled the production.
工人使用新機器後產量翻了一倍。

**out of order** 故障；壞了

The alarm clock must be **out of order**, it won’t stop ringing.
這個鬧鐘一定壞了，它一直在響。

**engineer** [,ɛndʒə`nɪr] n 工程師

Our company is currently recruiting computer **engineers**.
我們的公司目前正在招募電腦工程師。

## 生育養育

**bear** [bɛr] v 生(小孩)；忍受

I can't **bear** with your rude behavior.
我不能忍受你粗魯的行為。

**born** [bɔrn] v bear的過去分詞

Jim was **born** on September 22, 1993.
吉姆是在1993年的9月22日出生的。

**raise** [rez] v 養育

The single mother **raises** 3 children by herself.
那位單親媽媽一個人撫養三個小孩。

## 聯想主題／生育養育結婚

**educate** [`ɛdʒə,ket] v 教育

She was **educated** in a college in Germany.
她在德國的一間學院接受教育。

### 求婚和結婚

**propose** [prə`poz] v 求婚

Her boyfriend **proposed** to her in a restaurant.
她的男朋友在餐廳裡向她求婚。

**engage** [ɪn`gedʒ] v 使訂婚

He didn't tell anyone that he's **engaged**.
他沒有告訴任何人他訂婚了。

**marry** [`mærɪ] v 和…結婚

They decided to get **married** last month.
上個月他們決定要結婚了。

**proposal** [prə`pozl̩] n 求婚；建議

Lucy agreed to your **proposal**.
露西同意你的提議。

**engagement** [ɪn`gedʒmənt] n 訂婚；婚約

They invited colleagues and friends to their **engagement**.
他們邀請了同事和朋友參加訂婚宴。

**marriage** [`mærɪdʒ] n 結婚；婚姻

She informed me that her **marriage** will take place in June.
她通知我她的婚禮將在六月舉行。

**wedding** [`wɛdɪŋ] n 結婚典禮

She envied her sister's **wedding** ceremony.
她很羨慕姊姊的婚禮。

## 離婚和離婚率

**divorce** [də`vors] n 離婚；v 與…離婚

He **divorced** his wife after only two years of marriage.
結婚短短兩年他就和妻子離婚了。

**rate of divorce** 離婚率

Russia had the highest **rate of divorce** in year 2012.
在2012年，俄羅斯的離婚率是最高的。

**divorce rate** **離婚率**

**Divorce rate** in Europe has increased significantly.
歐洲的離婚率有顯著的增加。

## 人和種族

**person** [ˋpɝsn̩] n 人

You are the 5th **person** on the waiting list.
你是候補名單上的第五個人。

**persons** [ˋpɝsn̩z] n 人(的複數)

This hot spring ticket is for 2 **persons**.
這張是雙人溫泉門票。

**people** [ˋpipl̩] n 人民；人們；種族

In the summer, **people** enjoy the sunshine on the beach.
夏天人們在海灘上享受陽光。

**peoples** [ˋpipl̩z] n 種族(的複數)

There are different **peoples** living in the United States.
有不同的民族居住在美國。

## 依年齡劃分

**teens** [tinz] n 十幾歲(指十三至十九歲)

The library is holding activities for **teens**.
圖書館為青少年們舉辦活動。

**teenager** [ˋtin͵edʒɚ] n 十幾歲的青少年

There's a group of **teenagers** hanging around in the park.
有一群青少年在公園裡閒晃。

**adult** [əˋdʌlt] n 成年人；adj 成年的

The bus fare for **adult** is two dollars.
成人的公車票價是兩塊美金。

## 熟識和陌生及其衍生

**acquaint** [əˋkwent] v 使認識

She **acquaints** herself to the new classmates.
她向新同學介紹她自己。

**acquaintance** [əˋkwentəns] n 相識的人

I met an **acquaintance** of mine at the train station.
我在火車站遇到一個我認識的人。

**familiar** [fə`mɪljɚ] adj 熟悉的；親近的

He is pretty **familiar** with business terminologies.
他對商業術語相當熟悉。

**familiarity** [fə,mɪlɪ`ærətɪ] n 熟悉；親近

She was recruited because of her **familiarity** with Japanese.
她因為通曉日文而被僱用了。

**stranger** [`strendʒɚ] n 陌生人；外地人

Parents always ask us to watch out for **strangers**.
父母總是要我們留心陌生人。

**alien** [`elɪən] n 外國人；adj 外國的

I do not know her, she looks **alien** to me.
我不認識她，她看起來很像是外國人。

**foreigner** [`fɔrɪnɚ] n 外國人

The Beijing opera is becoming popular among **foreigners**.
京劇已經在外國人中流行起來了。

**foreign** [`fɔrɪn] adj 外國的；陌生的

It is necessary to learn a **foreign** language.
學一門外語很有必要。

## 爭論爭吵道歉

**argue** [ˋɑrgju] v 爭論

He **argued** that he was innocent.
他爭辯說自己是清白的。

**quarrel** [ˋkwɔrəl] v 爭吵；n 爭吵

I hate to **quarrel** with others.
我不喜歡和人吵架。

**apologize** [əˋpɑlə͵dʒaɪz] v 道歉

He **apologized** for making a mistake at work.
他為工作上出錯而道歉。

**apology** [əˋpɑlədʒɪ] n 道歉

He refused to accept his friend's **apology**.
他拒絕接受他朋友的道歉。

## 相處陪伴

**accompany** [ə`kʌmpənɪ] v 陪伴

She **accompanies** her mother to the hospital.
她陪她的母親到醫院。

**companion** [kəm`pænjən] n 同伴；朋友

Do you have any **companion** to travel with you?
你有任何同伴和你一起去旅行嗎？

**go along with** 陪同一起

You can **go along with** Peter to London; he got a job there.
你可以和彼得一起去倫敦，他在那邊找到了一份工作。

**get along with** 與…和睦相處

The new student **gets along** well **with** everyone.
新來的學生和每個人相處得都很好。

## 承諾信任和懷疑

**promise** [`prɑmɪs] v 承諾；n 諾言

Cathy is an honest girl who always keeps her **promises**.
凱西是個誠實又守信用的女孩。

**trust** [trʌst] v 信任；n 信任

Usually, we all **trust** him.
通常我們都相信他。

**distrust** [dɪs`trʌst] v 不信任；懷疑；n 懷疑

He **distrusts** most people besides his best friend.
除了他最要好的朋友，他不信任絕大部分的人。

**doubt** [daʊt] v 懷疑；不相信；n 懷疑

There is no **doubt** that Lucy will be late today.
毫無疑問露西今天要遲到了。

**doubtful** [`daʊtfəl] adj 懷疑的

I am **doubtful** she can pass the test.
我懷疑她能通過考試。

**undoubtedly** [ʌn`daʊtɪdlɪ] adv 毫無疑問地

This painting is **undoubtedly** done by Claude Monet.
這幅畫作毫無疑問地是克洛德．莫內畫得。

## 食言失信

**eat one's word** 食言；失信

Once Tom makes a promise, he will not **eat his word**.
湯姆一旦作出承諾，就不會食言。

**break one' word** 失信於人

Hans never **broke his word**, this gave him a good name.
漢斯從不失信於人，因此口碑很好。

## 人體及其衍生

**face** [fes] n 臉；面孔

There is a lovely smile on his **face**.
他的臉上浮現出了可愛的微笑。

**body** [\`bɑdɪ] n 身體

Sophie built her **body** by jogging every morning.
蘇菲每天跑步以鍛鍊身體。

**back** [bæk] n 背部；adj 後面的；adv 向後

My grandfather often looks **back** on his school life.
我祖父常常回憶其學生時代。

**hand** [hænd] n 手

My mother grabbed my **hand** in the crowd.
我媽媽在人群中抓住我的手。

**foot** [fut] n 腳；足

I usually go to school on **foot**, but at times by bus.
我通常走路去上學，但有時候搭公車。

**hair** [hɛr] n 頭髮

I cut my **hair** at barber's near my house.
我在離我家很近的那家理髮店剪髮。

**haircut** [ˋhɛr,kʌt] n 理髮

She got a cute and trendy **haircut**.
她剪了一個又可愛又時髦的髮型。

**hairdresser** [ˋhɛr,drɛsɚ] n 美髮師

The **hairdresser** uses two scissors at the same time.
那名髮型師同時用兩把剪刀。

健康

**health** [hɛlθ] n 健康

Hiking is both interesting and good for the **health**.
登山很有趣，而且有益健康。

**healthful** [ˋhɛlθfəl] adj 有益健康的

You need a more **healthful** diet and lifestyle.
你需要更有益健康的飲食和生活方式。

**healthy** [`hɛlθɪ] adj 健康的；健全的

My grandfather likes to jog every day to stay **healthy**.
我爺爺喜歡每天慢跑以保持身體健康。



## 缺陷美

**deaf** [dɛf] adj 聾的

Due to the accident, his is **deaf** in the left ear.
由於交通事故，他的左耳聾了。

**hard of hearing** 重聽

This foundation raises funds for **hard of hearing** people.
這個基金會為聽障人士籌款。

**blind** [blaɪnd] adj 瞎的；盲的

You should not look down on the **blind**.
你不應該歧視盲人。

**blind date** 相親

Her friends arranged a **blind date** for her.
她的朋友為她安排了相親。

## 醫院診所

**hospital** [`hɑspɪtl̩] n 醫院

His wife works as a nurse in that **hospital**.
他的妻子在那家醫院當護士。

**clinic** [ˋklɪnɪk] n 診所

He went to the **clinic** for a urine test.
他到診所做尿液檢查。

**medicine** [ˋmɛdəsn̩] n 藥

Take the **medicine** on time, and you will feel better.
按時吃藥，你就會感覺好多了。

**medical** [ˋmɛdɪkl̩] adj 醫學的

This hospital is equipped with advanced **medical** instruments.
這間醫院配備先進的醫療儀器。

**medical care** n 醫療照護

**Medical care** in the United States is really expensive.
美國的醫療護理非常昂貴。

## 醫療人員和病人

**doctor** [ˋdɑktɚ] n 醫生

Carrie wants to be a **doctor** when she grows up.
凱芮長大以後想當醫生。

**nurse** [nɝs] n 護士

A good **nurse** should always be patient with patients.
好護士必須對病人很有耐心。

**emergency room nurse** 急診室護士

She works as an **emergency room nurse**.
她的工作是急診室的護士。

**patient** [ˋpeʃənt] n 病人

The **patient** came around after the operation.
病人在手術後甦醒過來了。



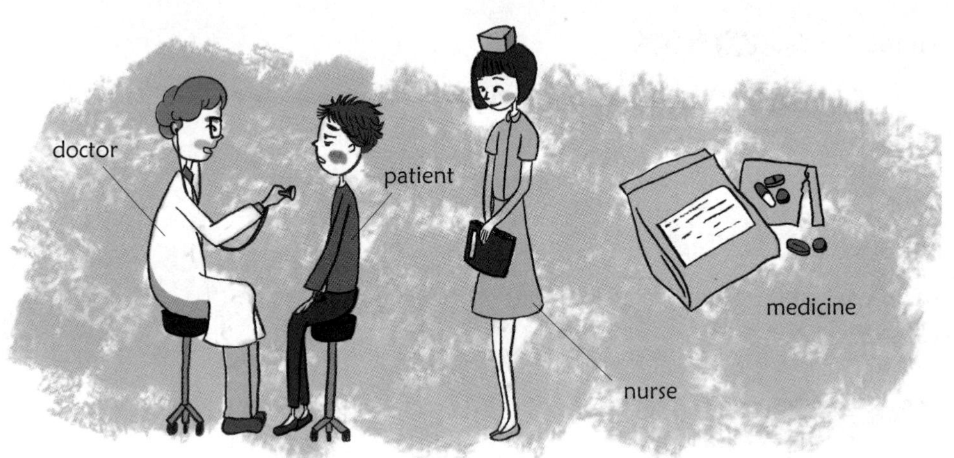


牙醫及其衍生

**dentist** [ˋdɛntɪst] n 牙醫

I went to see a **dentist** for wisdom teeth extraction.
我去看牙醫拔智齒。

**dental** [ˋdɛntl] adj 牙齒的；牙科的

The **dental** insurance doesn't cover orthodontic treatments.
牙科保險不支付齒列矯正治療。

**tooth** [tuθ] n 牙齒

My molar **tooth** needs a root canal.
我的臼齒需要根管治療。

**toothache** [`tuθ,ek] n 牙痛

Tooth decay is the cause to her **toothache**.
她的牙痛是蛀牙造成的。

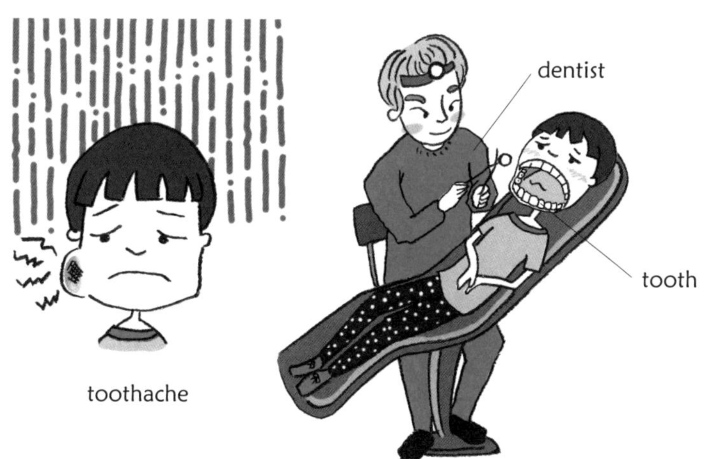




## 餐廳以及服務人員

**restaurant** [`rɛstərənt] n 餐館

There used to be a **restaurant** nearby.
這附近以前有一家餐廳。

**cook** [kuk] n 廚師；v 煮

The **cook** is busy in the kitchen right now.
廚師正在廚房忙碌著。

**chef** [ʃɛf] n 主廚

This dish is recommended by the **chef**.
這道菜是主廚推薦的。

**waiter** [ˋwetɚ] n 服務生

You have to tip the **waiter**.
你需要給服務生小費。

**waitress** [ˋwetrɪs] n 女服務生

The **waitress** brought me a glass of water.
女服務生為我送來一杯水。

各種食物

**food** [fud] n 食物

I can cook delicious **food**.
我會煮很可口的飯菜。

**pizza** [`pitsə] n 批薩

Would you like a Hawaiian or sausage **pizza**?
請問你要夏威夷還是香腸比薩？

**noodle** [`nudl̩] n 麵條

I like the taste of Chinese **noodles**.
我喜歡中國麵條的味道。

**spaghetti** [spə`gɛtɪ] n 義大利麵

This white sauce **spaghetti** is creamy and delicious.
這盤白醬義大利麵香濃又美味。

**soup** [sup] n 湯

Usually we drink **soup** with beautiful bowls and plates.
通常我們用漂亮的碗盤喝湯。

pizza spaghetti soup

**delicious** [dɪ`lɪʃəs] adj 美味的，可口的

The food is very **delicious**. Please help yourselves.
食物很好吃，請自便。

## 聯想主題／餐廳餐飲、商業生意

**yummy** [ˋjʌmɪ] adj 美味的；好吃的

This bakery's apple pie is really **yummy**.
這家麵包店的蘋果派真是好吃。

**spicy** [ˋspaɪsɪ] adj 辛辣的

On the contrary, Jane likes to eat **spicy** food.
相反地，珍喜歡吃辛辣的食物。

**bitter** [ˋbɪtɚ] adj 苦的

This black chocolate is a little bit **bitter**.
這個黑巧克力有一點苦。

### 生意和貿易



**business** [ˋbɪznɪs] n 商業；生意

Their **business** has turned the corner because of your help.
由於你的幫助，他們的生意出現了轉機。

**businessman** [ˋbɪznɪsmən] n 商人

Thc **businessmen** came here by plane.
那些商業人士坐飛機來這裡。

**do business with** 與…做生意

It's a pleasure to **do business with** you.
和你做生意很高興。

**trade** [tred] n 貿易；生意

We do **trades** with companies from several countries.
我們和好幾個國家的公司做貿易。

**trading** [ˋtredɪŋ] adj 貿易的；交易的

The company is expanding on cotton **trading**.
公司正在擴展棉花貿易。

**trading company** 貿易公司

He is the CEO of this **trading company**.
他是這間貿易公司的總裁。

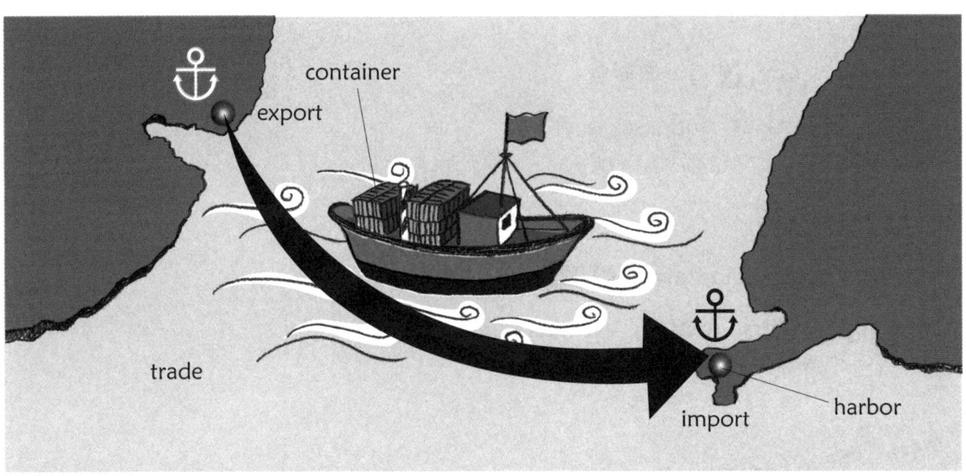




## 商業及其衍生

**commerce** [ˋkɑmɝs] n 商業；交易

The nation's **commerce** was affected by recession.
國家的貿易受到經濟不景氣的影響。

**commercial** [kə`mɝʃəl] adj 商業的；商務的

This poster is not for **commercial** use.
這張海報不作為商業用途。

**commercial area** 商業領域

She's renting a store at the **commercial area**.
她在商業區租了一家店。

**commercial advertising** 商業廣告

We can also see **commercial advertising** on buses.
我們在巴士上也可以看到商業廣告。

## 廣告和促銷

**advertise** [`ædvɚ͵taɪz] v 為…做廣告

The optic store **advertises** its glasses on TV.
那家眼鏡店在電視上為自家的眼鏡打廣告。

**advertisement** [͵ædvɚ`taɪzmənt] n 廣告

Only interesting **advertisements** will attract consumers' attention.
只有有趣的廣告才會吸引消費者的注意。

**announce** [ə`nauns] v 宣布；發布

The government **announced** an increase in income tax.
政府宣布了所得稅的增加。

**promote** [prə`mot] v 推銷(商品)；升遷

Work harder, and you will get **promoted** soon.
工作努力點，你就很快能升職了。

**promotion** [prə`moʃən] n (商品)促銷；升遷

The news of his **promotion** spread very quickly.
他升職的消息很快傳開了。

## 新聞及其衍生

**news** [njuz] n 新聞；消息

It is bad **news** to all of you.
對你們來說這是個壞消息。

**news conference** 記者招待會

The new product will be released on the **news conference**.
新產品將會在記者會上發表。

**news release** 新聞稿

The **news release** announced the latest scientific invention.
這篇新聞稿發表了最新的科學發明。

**news report** 新聞報導

He watches **news reports** on international news every morning
他每天早上都看世界新聞的新聞報導。

**reporter** [rɪ`portɚ] n 記者

Every day the weather **reporter** notifies people of the weather.
氣象員每天告訴人們天氣。

媒體相關

**media** [`midɪə] n 新聞媒體

News delivered by the **media** can sometimes be biased.
媒體發表的新聞有時候可能有所偏頗。

**mass media** 大眾傳播媒體

The **mass media** has a great influence on children's development.
媒體對孩童的成長有很大的影響。

**mass communication** 大眾傳播

She becomes a journalist after obtaining a degree in **mass communication**.
在拿到大眾傳播的學位後她成為了一名記者。

## 會議以及討論會

**meet** [mit] v 遇見；相遇

Let's **meet** at our school gate.
我們在我們學校大門門口集合吧。

**meeting** [`mitɪŋ] n 會議

We had a **meeting** three days ago.
我們三天前舉行了場會議。

**appointment** [ə`pɔɪntmənt] n 約會；預約

I have an **appointment** with my dentist this afternoon.
今天下午我和牙醫生有預約。

**appoint** [ə`pɔɪnt] v 任命

He was **appointed** to be the person in charge.
他被指派為負責人。

**conference** [`kɑnfərəns] n 會議；討論會

There was a heated discussion at the marketing **conference**.
行銷會議上討論熱烈。

**committee** [kə`mɪtɪ] n 委員會

All **committee** members are meeting for a discussion.
所有的委員會成員都聚在一起討論。

## 參加和討論

**participate** [pɑr`tɪsə,pet] v 參加

I am nervous about **participating** in the competition.
我對參加比賽感到緊張。

**participation** [pɑr,tɪsə`peʃən] n 參加

The government calls for public **participation** in blood donation.
政府徵求公眾參與捐血。

**participator** [pɑr`tɪsə,petɚ] n 參與者

We have a hundred **participators** for this race.
我們有一百位競賽的參加者。

**discuss** [dɪ`skʌs] v 討論

As soon as I arrived, we began **discussing** our plan.
我一到，我們就開始討論計畫了。

**discussion** [dɪ`skʌʃən] n 討論；商討

The matter is still in **discussion**.
事情還在討論中。

## 買家賣家及其衍生

**buy** [baɪ] v 買

I need a lot of money to **buy** a house.
我需要很多錢買房子。

**buyer** [ˋbaɪɚ] n 買主

Some **buyers** reflected defects in the product.
一些買家反應產品的瑕疵。

**broker** [ˋbrokɚ] n 經紀人；中間人

The share **broker** helps with buying and selling stocks.
股票經理人幫忙買賣股票。

**seller** [ˋsɛlɚ] n 銷售者；賣方

The **seller** offered me a 5% discount.
賣家給我百分之五的折扣。

### 聯想主題／買賣客戶

**sell** [sɛl] v 賣；銷售

The shop **sells** all kinds of goods.
這家商店賣各種商品。

**sale** [sel] n 賣；出售

The manager was in charge of **sales** in these areas.
經理負責這些地區的銷售。

**bargain** [`bɑrgɪn] n 買賣；交易；v 討價還價

My mother is good at **bargaining**.
我媽媽擅長殺價。

## 消費者客戶及其衍生

**consumer** [kən`sjumɚ] n 消費者；消耗者

Their aim for **consumers** ranged from 18 to 30 years of age.
他們的目標消費者年齡層在十八歲到三十歲之間。

**consume** [kən`sjum] v 消耗；耗盡

Filling out these forms **consumed** a lot of time.
填寫這些表格花費了好多時間。

**customer** [`kʌstəmɚ] n 顧客；買主

The mechanic is busy with a **customer** right now.
技師現在正忙著接待客戶。

**custom** [ˋkʌstəm] n 習俗；慣例

**Customs** were passed down by speech.
習俗是由口述傳下去的。

**customs** [ˋkʌstəmz] n 關稅；海關

I got through the **customs** in a short time.
我在很短的時間內通過海關。

**customary** [ˋkʌstəm,ɛrɪ] adj 習慣上的；慣常的

It's **customary** for Japanese to bow when greeting.
在習俗上，日本人打招呼時會鞠躬。

## 利潤和薪水

**profit** [ˋprɑfɪt] n 利潤；收益

Income minus cost is **profit**.
收入減去成本就是盈利。

**profitable** [ˋprɑfɪtəbl̩] adj 有利的；有益的

He puts in a lot of effort to make this business **profitable**.
他付出很多努力讓企業盈利。

**earnings** [ˋɝnɪŋz] n 利潤；收入

His annual **earnings** are more than a million dollars.
他的年收入高於一百萬。

**salary** [ˋsælərɪ] n 薪資；薪水

She told me her **salary** in private.
她私下告訴我她的薪水。

**wages** [ˋwedʒɪs] n 代價；報償

She gave a portion of her **wages** to her mother.
她把一部分的薪資給她媽媽。

## 工廠和製造

**factory** [ˋfæktərɪ] n 工廠；製造廠

All the machines in our **factory** are modernized.
我們廠的所有機器都是現代化的。

**manufacturer** [͵mænjəˋfæktʃərɚ] n 製造業者；廠商

The consumers are planning a lawsuit against the contact lenses' **manufacturer**.
顧客們計畫要對隱形眼鏡製造商提告。

**manufacture** [ˌmænjəˋfæktʃɚ] v 製造

This cell phone is **manufactured** in Taiwan.
這支手機是在臺灣生產的。

## 規格和訂單

**specification** [ˌspɛsəfəˋkeʃən] n 規格；詳細計畫書

There's **specification** on the manual about the machine.
手冊上有關於機器的詳述。

**order** [ˋɔrdɚ] n 訂購；v 下訂單

Bob **ordered** a car from our shop last month.
鮑伯上個月在我們店訂了一輛車。

**place an order** 下訂單…

The doctor **placed an order** for medicine.
醫生訂了一批藥。

**receive an order** 接到訂單

We just **received an order** from a company.
我們剛收到一家公司的訂單。

## 材料和零件

**material** [məˋtɪrɪəl] n 材料

Here are the **materials** you need.
這些是你需要的材料。

**part** [pɑrt] n 零件

Some **parts** of the bicycle need replacement.
腳踏車部分的零件需要更換。

**assemble** [ə`sɛmbl̩] v 配裝；集合

This airplane model is easy to **assemble**.
這個飛機模型很容易組裝。

**assembly line** n 裝配線

More workers are needed at the **assembly line**.
裝配線需要更多的工人。

**produce** [prə`djus] v 生產；出產

This store sells accessories **produced** in Korea.
這家店賣韓國製造的飾品。

## 商品及其品質

**product** [`prɑdəkt] n 產品；出產

This **product** sells well both locally and abroad.
這個產品在國內外都賣的很好。

**goods** [gʊdz] n 商品；貨物

The **goods** supply is far from demand.
貨物供不應求。

**commodity** [kə`madətɪ] n 商品；日用品

All the **commodities** in the store are imported from India.
店裡所有的商品都是從印度進口的。

**quality** [`kwalətɪ] n 品質

The **quality** of this mattress is really good.
這床墊的品質真好。

**quantity** [`kwantətɪ] n 數量

These handmade items are only produced in small **quantities**.
這些手工商品只有少量生產。

**economy** [ɪ`kanəmɪ] n 節約；節省；經濟

Today's conference covers many areas such as **economy**, law and so on.
今天的會議涵蓋了包括經濟，法律等等的許多領域。

**economic** [͵ikə`namɪk] adj 經濟上的；經濟學的

She sold her car due to **economic** reasons.
因為經濟上的原因，她賣車了。

**economical** [͵ikə`namɪkl̩] adj 經濟的；節約的

New **economical** policies will create lots of jobs.
新的經濟政策將會創造很多就業機會。

**economically** [ˌikəˋnɑmɪkl̩ɪ] adv 節約地；節儉地

Financial helps are offered to **economically** disadvantage households.
對經濟弱勢的家庭提供財務援助。

## 財務及其衍生

**finance** [faɪˋnæns] n 財政；金融

She is thinking about majoring in **finance**.
她正在考慮主修金融學。

**financial** [faɪˋnænʃəl] adj 財政的；金融的

He needs **financial** aid to help him pay college tuition.
他需要經濟資助幫助他付大學學費。

**financial problem** 財政問題

The company closed down because of **financial problems**.
那家公司因為財務問題而倒閉了。

**financial crisis** 金融危機

The company went bankrupted during the **financial crisis**.
公司在金融危機中破產了。

## 利息和獎金

**interest** [ˋɪntərɪst] n 利息；利益

You have to pay 5% **interest** for the loan.
你需要為貸款付百分之五的利息。

**bonus** [`bonəs] n 獎金；額外津貼

The worker earned a **bonus** for his great performance.
這名員工因為業績好而贏得獎金。

**reward** [rɪ`wɔrd] n 報償；獎賞；v 報償

My boss **rewarded** me for my achievements at work.
我的老闆獎勵我工作上的成就。

## 有利和不利

**advantage** [əd`væntɪdʒ] n 有利條件；優點

There's an **advantage** to replace labor with machinery.
以機械取代勞工有個優勢。

**advantageous** [ˌædvən`tedʒəs] adj 有利的；有助的

Signing the contract is **advantageous** to us.
簽約對我們有利。

**disadvantage** [ˌdɪsəd`væntɪdʒ] n 不利條件

It's a **disadvantage** that he doesn't have a college degree.
他沒有大學文憑是個劣勢。

**disadvantageous** [dɪsˌædvən`tedʒəs] adj 不利的；情況不好的

The current economic condition is **disadvantageous** to us.
目前經濟情況對我們不利。

## 銀行及其衍生

**bank** [bæŋk] n 銀行

You can withdraw money at the **bank**.
你可以在銀行取錢。

**deposit** [dɪˋpɑzɪt] n 存款；押金；v 存款

Mr. Yang **deposited** USD5000 at the bank.
楊先生在銀行存了五千美元。

**statement** [ˋstetmənt] n 報告單；借貸表

I have received bank **statement** for this month.
我收到這個月的銀行結單了。

**balance** [ˋbæləns] n 結餘；結存

I did not know my account **balance** is low.
我不知道我的帳戶結餘不多。

## 帳戶及其衍生

**account** [ə`kaunt] n 帳目；帳單

What documents are needed to apply for a bank **account**?
申請銀行帳戶需要什麼資料？

**accountant** [ə`kauntənt] n 會計師

The **accountant** made a mistake preparing the tax return.
會計師填寫納稅申報單時出錯了。

**cashier** [kæ`ʃɪr] n 出納；出納員

I had a **cashier** do cash deposit for me.
我讓出納員幫我做現金存款。

## 借款

**loan** [lon] n 貸款；v 借出

The student **loan** is not enough to cover all my expenses.
學生貸款不足以支付我所有的開銷。

**installment** [ɪn`stɔlmənt] n 分期付款

I would like to pay by **installment** for this car.
我希望以分期付款的方式買這輛車。

**debt** [dɛt] n 債；借款

He doesn't have enough cash to pay off the **debt**.
他沒有足夠的現金償還債務。

**pay off one's debt** 付清貸款

Nearly all my income is used to **pay off my debt**.
我幾乎所有的收入都用來還債了。

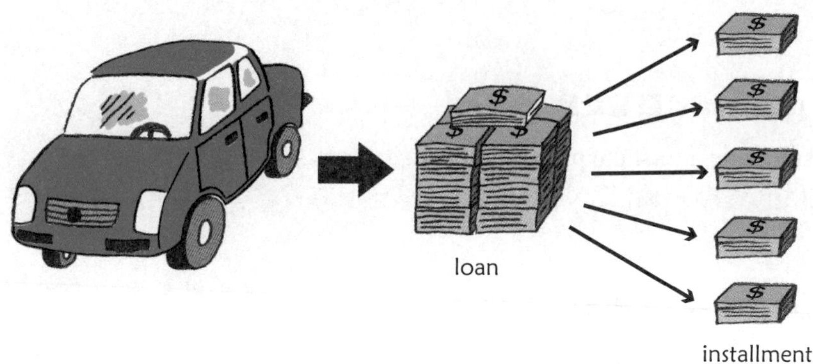


## 交通和通勤

**traffic** [`træfɪk] n 交通

There's a lot of **traffic** on Saturday nights.
星期六晚上交通流量很大。

**heavy traffic** 擁擠的交通

There's always **heavy traffic** during rush hours.
尖峰時刻總是交通繁忙。

**traffic jam** 交通擁擠

I take another route to avoid **traffic jam**.
我走另一條路線避開塞車。

**traffic accident** 車禍

He died in the **traffic accident** last year.
他死於去年的車禍。

**commute** [kə`mjut] n 通勤；v 通勤

She **commutes** to school every day from another city.
她每天從另一個城市通勤到學校。

**commuter** [kə`mjutɚ] n 通勤者

Most **commuters** in the class take bus to school.
班上大部分的通勤者都搭巴士到學校。

**passenger** [`pæsəndʒɚ] n 乘客；旅客

The **passengers** got on the bus one after another.
乘客一個接一個地上車。

## 交通尖峰和擁擠

**rush hours** 尖峰時間

I don't like taking train during **rush hours**.
我不喜歡在尖峰時間搭火車。

**crowded** [`kraudɪd] adj 擁擠的

It's less **crowded** on the bus during summer vacation.
暑假期間公車上比較不擁擠。

**full** [ful] adj 滿的；充滿的

The bus is **full**.
公車客滿了。

## 運輸運送傳送

**transport** [træns`pɔrt] v 運送；運輸

Most of our exports are **transported** by ships.
我們大多數的出口商品都是透過船隻運輸的。

**transportation** [ˌtrænspɚ`teʃən] n 運輸；輸送

You can take public **transportation** to the airport.
你可以搭公共交通工具到機場。

**delivery** [dɪ`lɪvərɪ] n 傳送；投遞

When will be the **delivery** time of this parcel?
這個包裹的交貨時間是什麼時候？

**deliver** [dɪˋlɪvɚ] v 傳送；運送；投遞

We can **deliver** the food directly to the residence hall.
我們可以直接將食物送到學生宿舍。

**send** [sɛnd] v 發送；寄

**Send** my regards to your parents, please.
請代我問候你的父母。

## 路線街道

**route** [rut] n 路；路線

I took another **route** to work today.
今天我走另一條路線上班。

**street** [strit] n 街；街道

When crossing the **streets**, you must be careful.
過馬路的時候，你必須當心。

**road** [rod] n 路；道路

This **road** is a shortcut to the hospital.
這條路是通向醫院的捷徑。

**sidewalk** [ˋsaɪd,wɔk] n 人行道

Bikes are not allowed on the **sidewalk**.
人行道上不允許有腳踏車。

**jaywalk** [ˋdʒe,wɔk] v 擅自穿越馬路

He was embarrassed to be fined $50 for **jaywalking**.
他亂穿越馬路被罰款五十美元感到很尷尬。

**overpass** [,ovəˋpæs] n 天橋；高架道

The bus stop is on the other side of the **overpass**.
公車站在天橋的另一邊。

**way** [we] n 通路；道路

Mimi found a wallet on her **way** home today.
咪咪今天在回家的路上撿到了一個錢包。

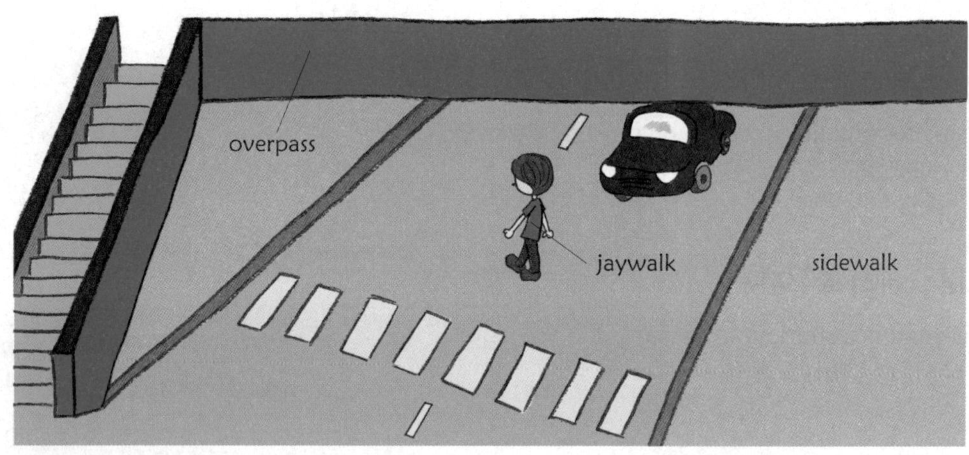


## 火車及其衍生

**train** [tren] n 火車

Would you like to go by **train** or by plane?
你想坐火車還是飛機去呢？

**train station** 車站

The **train station** is 10 minutes away from here.
火車站距離這裡有十分鐘的路程。

**station** [ˋsteʃən] n 火車站

I am getting off at the next **station**.
我在下一站下車。

**stationary** [ˋsteʃə͵nɛrɪ] adj 不動的；定居的

Please remain **stationary** while getting an X-ray.
拍X光的時候請靜止不動。

**stationery** [ˋsteʃən͵ɛrɪ] n 文具

There's still enough **stationery** in the office.
辦公室裡還有足夠的文具。

## 腳踏車及其衍生

**bicycle** [ˋbaɪsɪkl̩] n 腳踏車

I go to school by **bicycle**.
我騎腳踏車上學。

**cycle** [ˋsaɪkl̩] n 腳踏車；週期；v 騎腳踏車

I went **cycling** at the beach today.
今天我到海灘騎腳踏車。

## 聯想主題／各種不同的交通工具

**cyclist** [ˋsaɪkl̩ɪst] n 騎腳踏車的人

The park has a path made specially for **cyclists**.
公園裡有特別為腳踏車騎士而設的小道。

### 飛機及其衍生

**airplane** [ˋɛr,plen] n 飛機

**Airplanes** have a reputation of being safe.
飛機以安全而著稱。

**plane** [plen] n 飛機

You will only be on time if you go by **plane**.
你只有乘飛機去才能準時。

**flight** [flaɪt] n 飛翔；飛行

I booked a ticket for tomorrow's **flight**.
我訂了一張明天的飛機票。

**flight attendant** n 空中服務人員

The **flight attendant** brought me a cup of water.
空服員為我端來一杯水。

### 地鐵及其衍生

**subway** [ˋsʌb,we] n 地鐵

I am taking the **subway** to the airport.
我要搭地鐵到機場。

**submarine** [ˋsʌbmə,rin] n 潛艇

The **submarine** fired a torpedo to attack enemy's warship.
潛水艇發射魚雷攻擊敵人的軍艦。

## 上(飛機或車或船)及其衍生

**board** [bord] v 上(飛機或車或船)

What time am I supposed to **board** the plane?
我應該幾點登機？

**aboard** [əˋbord] adv 在飛機(或車或船)上；adj 上(飛機或車或船)

Some passengers **aboard** will connect to another flight.
機上的一些乘客將會轉機至另一班飛機。

**blackboard** [ˋblæk,bord] n 黑板

Our teacher wrote a few sentences on the **blackboard**.
我們的老師在黑板上寫了幾句話。

**cardboard** [ˋkɑrd,bord] n 硬紙板；卡紙板

Please recycle the **cardboard** after using it.
使用完硬紙板後請回收。

## 聯想主題／各種不同的交通工具

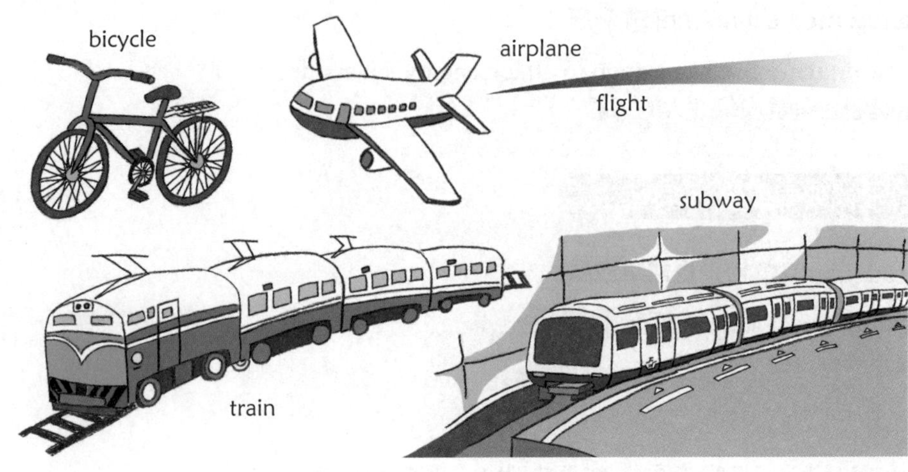


### by + 交通工具

**by air (by airplane)** 搭機

It is unwise to travel to France **by air** in such a foggy weather.
在起大霧時搭飛機去法國是很不明智的。

I am going to Japan **by airplane**.
我將搭飛機到日本。

**by car** 搭車

It is more convenient to go to work **by car**.
開車上班方便多了。

**by train** 搭火車

My dream is to tour around Taiwan **by train**.
我的夢想是搭火車遊遍臺灣。

**by boat** 乘船

We will go to the island **by boat**.
我們將搭船到那座小島。

**by taxi** 搭計程車

I'll go **by taxi**.
我要搭計程車去。

**by bicycle** 騎腳踏車

Most students go to school **by bicycle**.
絕大部分的學生都騎腳踏車上學。

**accident** [ˋæksədənt] n 事故；意外事情

The crowd lost their heads when the **accident** happened.
當事故發生的時候，人們驚惶失措。

**car accident** 車禍

The **car accident** took John's left leg.
車禍奪走了約翰的左腿。

**unexpectedly** [ˏʌnɪkˋspɛktɪdlɪ] adv 未料到地；意外地

She came to visit my house **unexpectedly**.
她突然過來拜訪我家。

## 碰撞

**collide** [kə`laɪd] v 碰撞；相撞

Those two ships **collided** and caused some damage.
那兩艘船相撞而且造成一些損壞。

**collision** [kə`lɪʒən] n 碰撞；相撞

The heavy fog caused **collision** of two cars.
濃霧造成兩輛車相撞。

## 旅行和旅行者

**travel** [`trævl̩] n 旅行；v 旅行

It is much safer to **travel** by plane.
搭飛機安全的多。

**traveler** [`trævlɚ] n 旅行者；遊客

The airport is equipped with shower rooms for **travelers**.
機場備有淋浴間給旅客使用。

**travel agency** n 旅行社

The **travel agency** is under our company.
這家旅行社附屬於我們公司。

**traveler's check** n 旅行支票

It's safer to bring a **traveler's check** while travelling overseas.
帶旅行支票出國旅遊比較安全。

**tour** [tʊr] n 旅行；v 旅行

I had a **tour** to Malaysia last month.
上個月我到馬來西亞旅行。

**tourist** [ˋtʊrɪst] n 旅遊者；觀光者

The beach is crowded with **tourists** in the summer.
夏天的海邊擠滿了遊客。

**tourism** [ˋtʊrɪzəm] n 旅遊業；觀光業

The **tourism** industry in Taiwan is growing.
臺灣的旅遊業正在成長。

**tour guide** n 導遊

Our **tour guide** knows the history of Japan well.
我們的導遊很了解日本的歷史。

**adventure** [ədˋvɛntʃɚ] n 冒險

We are going to a forest **adventure** in Okinawa.
我們要去沖繩做森林探險。

**an exciting adventure** 刺激的冒險

That was **an exciting adventure** to dive in the sea.
在海裡潛水是項令人興奮的冒險活動。

**a scary adventure** 驚恐的冒險

It was **a scary adventure** to visit a haunted castle.
參觀鬧鬼的城堡是個嚇人的探險。



## 機場及其衍生

**depart** [dɪ`pɑrt] v 出發

We should **depart** early to avoid traffic jam.
我們應該早點出發避開塞車。

**departure** [dɪ`pɑrtʃɚ] n 出發；動身

The **departure** time of this flight is 10:30A.M.
這班飛機的起飛時間是早上十點半。

**airport** [`ɛr,port] n 機場

A lot of fans are waiting at the **airport**.
許多歌迷在機場等候。

**arrival** [ə`raɪvl̩] n 到達；到來

I have informed our clerks of our CEO's **arrival**.
我已經通知員工我們執行長到來了。

**arrive** [ə`raɪv] v 到達；到來

The cruise will **arrive** at the harbor in the afternoon.
油輪會在下午抵達港口。

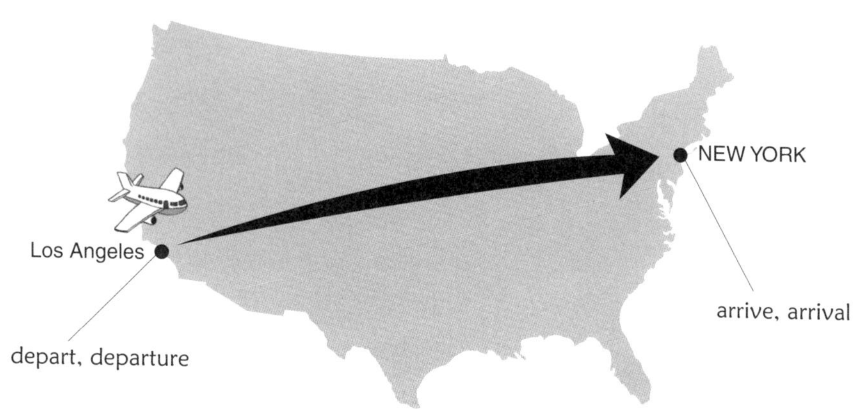

## 旅館

**check in** (住宿)登記手續；辦理登記手續

You should **check in** before getting on the plane.
在登機前，你應該先辦理登記。

**hotel** [ho`tɛl] n 旅館；飯店

I feel at home at the **hotel**.
我覺得在這間旅館就像在家一樣。

**check out** (住宿)結清退租

It's time to **check out** of the hotel.
該退房了。

## 行李和手提箱

**baggage** [ˋbægɪdʒ] n 行李

I only brought a piece of **baggage** with me.
我只帶了一件行李。

**luggage** [ˋlʌgɪdʒ] n 行李

The porter is putting the **luggage** onto the trunk.
搬運工正將行李搬上卡車。

**suitcase** [ˋsut,kes] n 手提箱

He lost his **suitcase** at the airport.
他在機場弄丟了手提箱。

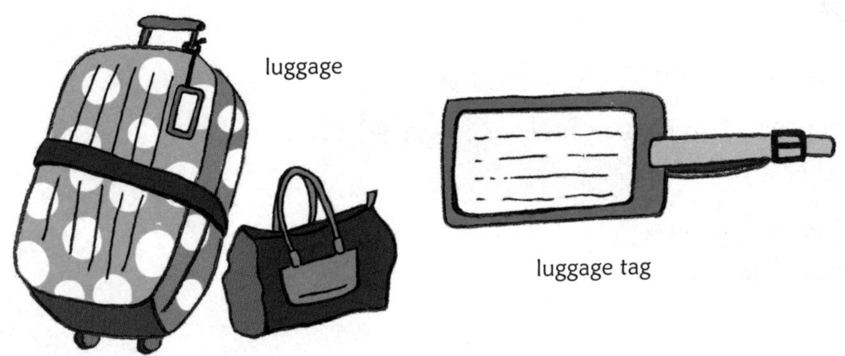


## 法律法院

**law** [lɔ] n 法律

Everyone should abide by the **law** to the letter.
每個人都要嚴格守法。

**lawyer** [ˋlɔjɚ] n 律師

The **lawyer** coped with the case successfully.
律師成功地處理了案件。

**judge** [dʒʌdʒ] n 法官；v 審判；判決

Jim will **judge** this case fairly.
吉姆將會公平的判決這個案件。

**court** [kort] n 法庭；法院

He's attending the **court** as a witness.
他以證人的身分出席法庭。

**sentence** [ˋsɛntəns] n 判決；宣判；v 判決；宣判

He was innocent but he was **sentenced** to death.
他是清白的但還是被判了死刑。

## 有罪無罪

**innocent** [ˋɪnəsn̩t] adj 無罪的；清白的

I always believed that my husband was **innocent**.
我始終相信我丈夫是無罪的。

**guilty** [ˋgɪltɪ] adj 有罪的；犯…罪的

He was found **guilty** and was sentenced for five years.
他被判有罪並被判五年。

**prison** [ˋprɪzn̩] n 監獄

The killer got away from the **prison** last night.
昨晚殺人犯從監獄逃脫了。

**prisoner** [ˋprɪznɚ] n 犯人；囚犯

One of the **prisoners** escaped from the prison.
其中一名囚犯逃出了監獄。

**lawful** [ˋlɔfəl] adj 合法的

Is it **lawful** to set up a vendor's stall here?
在這裡擺攤是合法的嗎？

**unlawful** [ʌnˋlɔfəl] adj 不合法的；犯法的

It's **unlawful** to drive a car at the age of 16.
十六歲開車是不合法的。

**legal** [`ligl] adj 合法的；法律上的

She has obtained a **legal** status to stay in Germany.
她取得了可以在德國居住的合法身分。

**illegal** [ɪ`ligl] adj 非法的；不合法的

They are **illegal** immigrants from the neighboring country.
他們是鄰國來的非法移民。

## 各種不同的罪行及其衍生

**thief** [θif] n 小偷

Allan confessed that he was a **thief**.
艾倫承認自己是小偷。

**steal** [stil] v 偷

On my honor, I didn't **steal** your wallet.
以我的名譽擔保，我沒有偷你的錢包。

**theft** [θɛft] n 偷竊

He installed a burglar alarm to prevent **theft**.
他安裝防盜警報器防止竊盜。

**arrest** [ə`rɛst] v 逮捕

The police managed to **arrest** the wanted criminal.
警察成功逮捕通緝犯。

**jail** [dʒel] n 監獄；拘留所

He had been in the **jail** for ten years.
他已經被監禁十年了。

**burglar** [ˋbɝglɚ] n 竊賊

The **burglar** broke into the house and stole all the valuables.
竊賊闖進屋子裡把所有值錢的東西都偷走了。

**rob** [rɑb] v 搶劫

The robber went to **rob** the bank with guns last night.
昨晚強盜帶槍搶劫了銀行。

**robbery** [ˋrɑbərɪ] n 搶劫；搶劫案

The police looked further into the **robbery** case.
員警深入地調查了搶劫案。

## 起訴控告

**accuse** [ə`kjuz] v 指控；控告

He was **accused** of stealing classmates' money.
他被指控偷竊同學的錢。

**accuse of** v 控告

Ben was **accused of** cheating in the exam.
班被指控在考試時作弊。

**accusation** [,ækjə`zeʃən] n 控告；指責

He denied the **accusation** of murdering the man.
他否認了謀殺那名男子的指控。

**charge** [tʃɑrdʒ] v 指控；控告

He served a one month sentence for a theft **charge**.
他因竊盜指控而服了一個月的徒刑。

**charge with** v 指控

Ben was **charged with** bribing the judges in the match.
班被指控在比賽中賄賂裁判。

**typhoon** [taɪ`fun] n 颱風

Several houses were damaged by the **typhoon**.
好幾棟房子遭受到颱風的破壞。

**hurricane** [`hɝɪ,ken] n 颶風；暴風雨

The **hurricane** is landing at east coast tomorrow morning.
颶風明天早上會在東海岸登陸。

**tornado** [tɔr`nedo] n 龍捲風；颶風

His farm and house were destroyed by the **tornado**.
他的農場和房子都被龍捲風摧毀了。

**quake** [kwek] n 地震；v 顫抖

He was standing in the snow and **quaking**.
他站在雪地裡顫抖。

**earthquake** [`ɝθ,kwek] n 地震

There was an **earthquake** of magnitude 4 this morning.
今天早上有個四級的地震。

**disaster** [dɪ`zæstɚ] n 災害；災難

The flood was a **disaster** to the farmers.
那場水災對農夫們來說是個災難。

## 意外及其衍生

**accident** [`æksədənt] n 事故；意外事件

Jim was responsible for the car **accident**.
吉姆對車禍負有責任。

**accidental** [͵æksə`dɛntl̩] adj 偶然的；意外的

It was purely **accidental** that she broke your cup.
她打破你的杯子純屬意外。

**accidentally** [͵æksə`dɛntl̩ɪ] adv 偶然地；意外地

I **accidentally** overheard their conversation at the pantry.
我偶然在茶水間聽到他們的對話。

**by accident** 偶然地；意外地

He met his friend in the restaurant **by accident**.
他碰巧在餐廳遇到他的朋友。

## 受苦傷害及其衍生

**suffer** [`sʌfɚ] v 遭受；經歷

He **suffers** from cancer and undergoes chemotherapy.
他患有癌症並接受化學治療。

**suffering** [`sʌfərɪŋ] n (身體或精神的)痛苦；苦惱

He received euthanasia to end his physical **sufferings**.
他接受安樂死來結束他身體上的苦痛。

**harm** [hɑrm] n 損傷；傷害；v 損傷；傷害

Drinking too much alcohol does **harm** to your liver.
喝太多酒會危害你的肝臟。

**harmful** [`hɑrmfəl] adj 有害的

Eating too much fried food is **harmful** to your health.
吃太多油炸食物對你的健康有害。

**hurtful** [`hɝtfəl] adj 有害的

She did not realize she had said something **hurtful**.
她沒意識到她說了傷人的話。

**hurt** [hɝt] v 損害；使受傷

What he said **hurt** me deeply. I was very sad.
他說的話深深地傷害了我，我很傷心。

**damage** [`dæmɪdʒ] n 損害；損失；v 損害

We must make an estimate of the **damage** done by the fire.
我們必須估計火災的損失。

**add** [æd] v 加；相加

Addition is to **add** two figures together.
加法是將兩個數字加在一起。

**subtract** [səb`trækt] v 減；減去

**Subtract** six from ten will give you four.
十減六會得四。

**multiply** [`mʌltə,plaɪ] v 乘；使相乘

You'll get twelve after **multiplying** three by four.
三乘以四後會得到十二。

**divide** [də`vaɪd] v 除；分開

The work had been **divided** amongst four students.
這項工作分配給了四位學生。

**plus** [plʌs] prep 加；加上

Ten **plus** twenty one equals to thirty one.
十加二十一等於三十一。

**minus** [`maɪnəs] prep 減

The current temperature is **minus** 10 degree Celsius.
目前的溫度是攝氏負十度。

## 數量增減

**increase** [ɪn`kris] v 增大；增加；n 增大；增加

Prices of raw materials are on the **increase**.
原材料價格正在上漲。(on the increase 升高；漲)

**decrease** [dɪ`kris] v 減；減少；n 減；減少

A local newspaper remarked that crime is on the **decrease**.
一家地方報紙評論說犯罪案件正在減少。(on the decrease 降低)

## 數量多的表示方法

**a lot of** 許多

I still have **a lot of** things to do. I'm going crazy.
我還有很多事要做，都快瘋了。

**lots of** 許多

I have **lots of** hobbies, so I lead a colorful life.
我有許多的興趣，所以我的生活多彩多姿。

**plenty of** 大量的

There are **plenty of** seats in the room.
房間裡有很多座位。

**thousands of** 成千

**Thousands of** people lost their lives in the wars.
數以千計的人們在戰爭中失去了他們的生命。

**millions of** 數百萬

He donated **millions of** dollars to the school.
他捐款好幾百萬給學校。

## 單數複數

**single** [ˋsɪŋgḷ] n 單個；adj 單一的；個別的

After 5 years, he was still **single**.
五年之後，他依然單身。

**singular** [ˋsɪŋgjələ] n 單數形；adj 單一的；單數的

This noun is in its **singular** form.
這個名詞是單數形。

**plural** [ˋplurəl] n 複數；複數形；adj 複數的

What is the **plural** form of tooth? Teeth.
tooth(牙齒)的複數是什麼？Teeth。

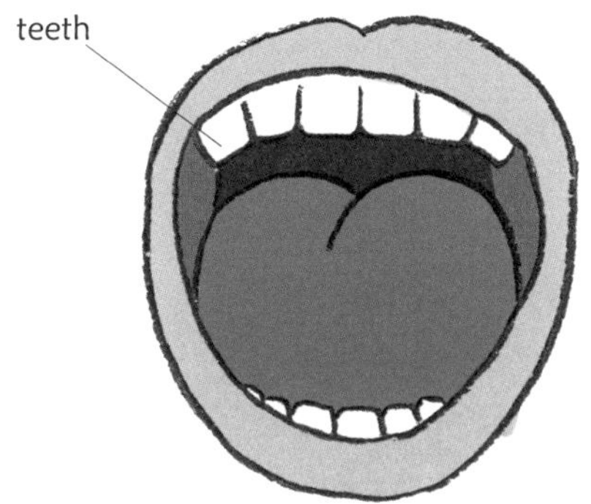


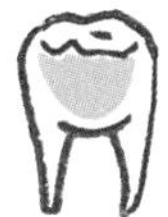


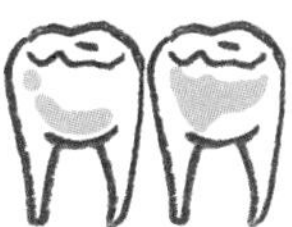

## 百千百萬及其衍生

**hundred** [`hʌndrəd] n 一百；許多；adj 很多的

This vase was made five **hundred** years ago.
這個花瓶是五百年前做的。

**one hundred** 一百

She borrowed **one hundred** dollars from me.
她向我借了一百元。

**thousand** [`θauzn̩d] n 一千；一千個；adj 一千的

The factory makes a **thousand** packs of noodles each day.
工廠每天生產一千包麵。

**thousands of** 幾千

**Thousands of** tourists visited the town this month.
這個月有幾千名遊客造訪這個城鎮。

**ten thousand** 一萬

He only has a saving of **ten thousand** dollars.
他只有一萬元的存款。

**one hundred thousand** 十萬

He plans to save **one hundred thousand** dollars in 3 years.
他計畫在三年內存十萬元。

**million** [ˋmɪljən] n 百萬；adj 百萬個

Singapore has a population of five **million** people.
新加坡人口有五百萬人。

**millionaire** [ˌmɪljənˋɛr] n 百萬富翁

He won the lottery and became a **millionaire** overnight.
他中了樂透並在一夜之間成為百萬富翁。

**first** [fɝst] n 第一；adj 第一的

Email me at your **first** convenience.
方便的時候給我發封電子郵件。

**second** [ˋsɛkənd] n 第二；adj 第二的

Sam started reading the draft from the **second** paragraph.
山姆從草稿的第二段開始念。

**third** [θɝd] n 第三；adj 第三的

My hotel room is on the **third** floor.
我的飯店房間在三樓。

**fourth** [forθ] n 第四；adj 第四個的

This is the **fourth** cake he's eating today.
這是他今天吃的第四個蛋糕。

**fifth** [fɪfθ] n 第五；adj 第五的

My grandmother has 10 sons, and my father is the **fifth**.
我奶奶有十個兒子，我爸爸是老五。

## 時間及其衍生

**time** [taɪm] n 時間

I hope you have a good **time** tonight.
我希望你今晚過得開心。

**timetable** [ˋtaɪm,tebl] n 時刻表；課程表

This is the **timetable** for the project.
這是計畫的時間表。

**in time** 過些時候；過一陣子；即時

The rescue team came in just **in time**.
救援隊來的正是時候。

**on time** 準時

Though having caught a cold, Tom still went to the office **on time**.
儘管感冒了，湯姆依舊準時上班。

## 日期及其衍生

**date** [det] n 日期；日子

We have set a **date** for the sports meeting.
我們已經確定了運動會的日期。

**up-to-date** [`ʌptə`det] adj 最新的；新式的

Keep yourself **up-to-date** to the global news.
讓你自己掌握最新的世界新聞。

**out-of-date** [`autəv`det] adj 舊式的；不流行的

This information about lung cancer is **out-of-date**.
這份關於肺癌的資訊已經過時了。



## 星期月年及其衍生

**week** [wik] n 週；星期

I rode a bike to the zoo last **week**.
我上週騎自行車去動物園。

**weekly** [`wiklɪ] adj 每週的；一週一次的

Everyone should hand in a **weekly** report on Friday afternoon.
週五下午，每個人應該要交週報表。

**month** [mʌnθ] n 月

Our manager is on holiday this **month**.
我們的經理這個月外出度假去了。

**monthly** [`mʌnθlɪ] adj 每月的；每月一次的

The apartment's **monthly** rent can be paid online.
公寓每個月的房租可以線上支付。

**year** [jɪr] n 年；一年

December is the last month of the **year**.
十二月是一年當中的最後一個月。

**yearly** [ˋjɪrlɪ] adj 每年的；一年一次的

My contract with the company is renewed **yearly**.
我和公司的契約每年都會續簽。



## 以年為單位的時間

**year** [jɪr] n 年；一年

He lost his left eye in the accident 2 **years** ago.
在兩年前的事故中他失去了左眼。

**decade** [ˋdɛked] n 十年

It has been a **decade** since we last met.
距離我們上次見面已經十年了。

**century** [ˋsɛntʃurɪ] n 世紀；一百年

We are a generation born in the 21st **century**.
我們是在二十一世紀出生的一代。

## 時間先後

**in advance** 事先；預先

The players all made good preparations **in advance**.
隊員們都在比賽前做了很好的準備。

**ahead of time** 提前；提早

The police worked hard these days and solved the crime **ahead of time**.
警察這幾天努力工作，提前偵破了此案。

**behind schedule** 延誤；落後

I hope the plane is **behind schedule**, or else I will miss it.
我希望飛機會延誤，否則我就趕不上了。

## 很早以前和以後

**long before** 很早之前

Jim had received his first piece of gold metal **long before** the second one.
在獲得第二面金牌很久之前，吉姆就已經獲得第一面金牌。

**long after** 很久之後

Trash and debris still remained in the streets **long after** the hurricane had landed.
颶風登陸過後很久，垃圾和雜物依然殘留在街道上。

## 快點和儘快

**soon** [sun] adv 不久；很快地

Stay here and I will be back **soon**.
待在這裡我馬上就回來。

**as soon as** 一…就

**As soon as** I caught sight of him, I recognized that it was Tom.
我看到人影就馬上認出他是湯姆。

**as soon as possible** 儘快

Please send out the invitations **as soon as possible**.
請儘快把請帖發出去。

**hurry** [ˋhɝɪ] n 倉促；v 使趕緊；催促

Don't **hurry**.
別急。

**hurry up** 趕緊

**Hurry up**, please! Or we will miss the plane.
請快一點！否則我們就要錯過飛機了。

**in a hurry** 匆忙地

It was a rainy day; everybody in the street was **in a hurry**.
那天是雨天，街上的行人都很匆忙。



遲到較慢

**late** [let] adj 晚的；adv 遲到

We will meet at 8 a.m., and don't be **late**.
我們八點集合，不要遲到了。

**later** [ˋletɚ] adj 較晚的；adv 較晚地

Everyone will face death sooner or **later**.
每個人遲早都要面對死亡。

**latest** [ˋletɪst] adj 最新的；最遲的；adv 最遲地

You must hand in the paper by next Monday at the **latest**.
你最遲下週一把論文交上來。

# 實力養成篇

## 第 2 篇

**ability**
[ə'bɪlətɪ]
n 能力

★ This task is beyond my **ability**. You'd better ask someone else to do it.
這項任務超出了我的能力範圍，你最好讓其他人做。

**abolish**
[ə'bɑlɪʃ]
v 廢除

★ The new manager **abolished** the company's old system.
新來的經理廢除了公司的舊制度。

**abroad**
[ə'brɔd]
adv 在國外；在海外

★ I didn't expect you to go **abroad**.
我沒有預料到你會出國。

★ Your choice of studying **abroad** is a good idea.
你選擇去國外讀書是個不錯的主意。

**absorb**
[əb'sɔrb]
v 吸收(知識)；理解(知識)

★ Allan is very smart and **absorbs** knowledge very quickly.
艾倫很聰明，很快就能吸收知識。

**absurd**
[əb'sɝd]
adj 愚蠢的；荒謬的

★ Lily felt **absurd** that she had to attend to the boss' son during work time.
莉莉對必須在工作時間照顧老闆的兒子感到很荒謬。

**accent**
['æksɛnt]
n 重音；聲調

★ Her friend's **accent** is a little strange.
她朋友的口音有點奇怪。

**addict**
['ædɪkt]
v 使沉溺；使醉心

★ Jim was **addicted** to online games and didn't pass the exam.
吉姆沉溺於網路遊戲，沒有通過考試。

**advertisement**
[,ædvɚ'taɪzmənt]
n 廣告

★ He saw the **advertisement** in today's newspaper.
他從今天的報紙中看到這個廣告。

**affect**
[ə'fɛkt]
v 影響；(病)侵襲

★ The data will **affect** our final result.
這項資料會影響我們最後的結果。

**afford**
[ə'ford, ə'fɔrd]
v 買得起；有足夠的…(做…)

★ I didn't earn much so I couldn't **afford** the big house.
我賺的不多，所以買不起那棟大房子。

**ago**
[ə'go]
adv 以前

★ Our boss left there several months **ago**.
我們老闆幾個月前就離開那裡了。

**agree**
[ə'gri]
v 同意；意見一致

★ After Holly made her point clear, we all **agreed** with her.
荷莉講清楚她的觀點後，我們都同意。

**ahead**
[ə'hɛd]
adv 在前；預先

★ You'll get a prize if you finish it **ahead** of time.
如果你提前完成，將得到獎勵。

★ Tom finished his experiment **ahead** of schedule.
湯姆提前完成了實驗。

**alarm**
[ə'lɑrm]
v 報警；n 警報

★ I set the **alarm** clock at 6 o'clock.
我把鬧鐘設在六點鐘。

**alcohol**
['ælkə,hɔl]
n 酒；酒精

★ Some people can't get through the day without **alcohol**.
有些人沒有酒不能過日子。

**almost**
['ɔl,most, ɔl'most]
adv 幾乎；差不多

★ I **almost** got promoted last year.
去年我差點升官。

★ **Almost** everyone likes American films.
幾乎每個人都喜歡美國電影。

## 實力養成

**along**
[ə'lɔŋ]
adv 沿著；順著；prep 向前

★ She loved to walk **along** the beach.
她喜歡沿著海灘散步。

★ The road built **along** the river reaches the beach.
這條沿河建的公路直通海灘。

**already**
[ɔl'rɛdɪ]
adv 早已；已經

★ He is a great writer. He has written ten novels **already**.
他是一位偉大的作家，他已經寫了十本小說了。

★ He was **already** successful in his career, but he was never satisfied.
他在事業上已經非常成功，但他從不滿足。

**ancient**
['enʃənt]
adj 古代的

★ In **ancient** times, people used wood to make fire.
古時候，人們利用木頭生火。

**animal**
['ænəml̩]
n 動物

★ There are many **animals** in the zoo.
動物園有許多動物。

**another**
[ə'nʌðɚ]
adj 另外的；另一個的；pron 另一個

★ Don't worry, if this doesn't work then we will try **another** way.
別擔心，這種方法行不通我們就試試另一種。

**answer**
['ænsɚ]
v 回答；回應；n 回答；答案

★ John did not **answer** my phone every time I called him.
我每次打約翰電話他都不接。

★ Frankly speaking, your **answers** to the questions are not so satisfactory.
坦白說，你對這些問題的答案不盡如人意。

### 片語加油站

**answer for** 對…負有責任；保證

You should **answer for** everything you did.
你應該為你所做的一切負責。

**in answer to** 回應

**In answer to** Professor William's request, all of us started writing our thesis.
為了回應威廉教授的要求，我們全部都開始撰寫論文議題。



**anymore**
['ɛnɪ,mɔr]
adv (不)再

★ You don't have to wait for him **anymore**. He will not show up tonight.
你不必等他了，他今晚不會出現了。

**anywhere**
['ɛnɪ,hwɛr]
n 任何地方；
adv 什麼地方

★ I cannot find my sweater **anywhere**.
我到處都找不到我的毛衣。

**apologize**
[ə'pɑlə,dʒaɪz]
v 道歉；認錯

★ You should **apologize** to the teacher for your rudeness.
你應該為你的無禮向老師道歉。

**appreciate**
[ə'priʃɪ,et]
v 欣賞；感激

★ She **appreciated** Bob's kind help.
她很感謝鮑伯的好心幫助。

**arrogant**
['ærəgənt]
adj 傲慢的；自大的

★ Although she won the match, she was not **arrogant**.
雖然她贏得比賽，但她並不驕傲。

**artist**
['ɑrtɪst]
n 藝術家

★ Some **artists** like to draw on the wall.
有些藝術家喜歡在牆上作畫。

**ascribe**
[ə'skraɪb]
v 把…歸因於；把…歸屬於

★ Jack **ascribed** his success to his teachers.
傑克把他的成功歸因於他的老師。

**ask**
[æsk]
v 要求；邀請；詢問

★ We must **ask** for help because the machine is out of order.
因為機器壞了，所以我們必須找人幫忙。



**asleep**
[ə'slip]
adj 睡著的；adv 睡著

★ He pretended to be **asleep** when I came in.
我走進房間的時候，他就裝睡。

★ After the injection, the pain eased off and the patient fell **asleep**.
病人打針後，疼痛減輕些就睡著了。

**asset**
['æsɛt]
n 資產；優點

★ Human resource is the most important **asset** of the company.
人力資源是公司最重要的資產。

**assistant**
[ə'sɪstənt]
n 助手；adj 助理的；輔助的

★ He has always been the CEO's **assistant**.
他一直是執行長的助理。

**astonished**
[ə'stanɪʃt]
adj 驚訝的

★ People all over the world were **astonished** to hear the news about 911.
911的新聞震驚了全世界的人。

**aunt**
[ænt, ant]
n 阿姨；舅母

★ Jim is my **aunt's** son. He is my cousin.
吉姆是我舅媽的兒子，他是我的表哥。

**available**
[ə'veləbḷ]
adj 可用的；可買到的

★ Our medicine is **available** in most local drugstores.
我們的藥品在多數當地藥房都有售。

**badminton**
['bædmɪntən]
n 羽毛球

★ Tom won the **badminton** match at last.
湯姆最終贏得了羽毛球比賽冠軍。

**balloon**
[bə'lun]
n 氣球

★ Look, there are many **balloons** in the sky.
看，天空中有很多氣球。

**bargain**
['bargɪn]
n 協議；廉價；v 討價還價

★ I like to go to the outdoor market to hunt for **bargains**.
我喜歡去露天市場找便宜貨。

**bark**
[bark]
v 吠；n 吠聲

★ My dog **barked** at strangers.
我的狗對陌生人狂吠。

**base**
[bes]
n 基礎；v 以…為基礎上；以…為基地；adj 基礎的

★ What he said was **based** on facts.
他所說的是基於事實。

★ **Based** on his past experience, we've chosen him as our leader.
根據於他過去的經驗，我們選他當隊長。

**basement**
['besmənt]
n 地下室

★ Did you hear something from the **basement**?
你有沒有聽到地下室有什麼動靜？

**before**
[bɪ'for]
adv 從前；較早；conj 在…以前；prep 在…之前；在…前面

★ I guess you have met each other **before**.
我想你們以前可能見過吧。

★ **Before** you leave the room, please clean it up.
在你離開房間前，請收拾乾淨。

**beg**
[bɛg]
v 乞討；請(允許)

★ The thief **begged** the policeman to let him go.
小偷請求警察放過他。

## 實力養成



**best**
[bɛst]
adj 最好的；
adv 最好地

★ Lily sees me as her **best** friend.
莉莉把我看成她最好的朋友。

★ While in Cambridge, she was one of the **best** students.
在劍橋的時候，她是最好的學生之一。

**bite**
[baɪt]
v 叮；咬；
n 叮；咬

★ She is always **biting** her nails.
她老是在咬她的指甲。

**blackout**
['blæk,aut]
n 燈火管制；熄燈

★ There was a **blackout** yesterday because of the hurricane.
由於颶風昨天停電了。

**bodyguard**
['badɪ,gard]
n 保鏢；護衛隊

★ Four **bodyguards** are standing around the leader.
四名保鏢正站在領導者周圍。

**bore**
[bor]
v 使厭煩

★ Peter kept talking about meaningless stories, which **bored** all of us.
彼得一直在說些沒有意義的故事，讓我們感到很無趣。

**boss**
[bɔs]
n 老闆

★ Mr. Black, our **boss**, is trying to make us do more work.
我們的老闆布拉克先生試圖想讓我們做更多的工作。

**bottle**
['batḷ]
n 瓶子；一瓶的量

★ He bought a **bottle** of perfume as his wife's birthday gift.
他買了一瓶香水當作他老婆的生日禮物。

**bottom**
['batəm]
n 底；底部

★ There is a hole at the **bottom** of the cup.
在杯子的底部有一個洞。

**brag**
[bræg]
v 吹噓；誇耀；自誇

★ Lina always **brags** to others.
麗娜總是向別人吹牛。

**break**
[brek]
v 打破；切斷；破碎；n 破損

★ My mother scolded me for **breaking** a vase.
媽媽責備我打破了花瓶。



## 片語加油站

**break down** (機器)損壞；(健康、人)垮了

Jack **broke down** after several failures.
在幾次的失敗後，傑克崩潰了。

**break into** 非法闖入；打斷

David likes to **break into** his parents' conversations.
大衛喜歡在父母講話的時候插嘴。

**break out** 突然發生；爆發

The war between the two countries **broke out** in 2000.
這兩個國家之間的戰爭於兩千年爆發。

**Britain**
['brɪtən]
n 英國；大不列顛

★ This is the last chance for us to go to **Britain**.
這是我們去英國最後的機會。

**building**
['bɪldɪŋ]
n 建築；房屋

★ We had just left our office **building** when you called.
我們剛離開辦公大樓，你就打電話來了。

**bully**
['bulɪ]
v 欺侮；威嚇；n 惡霸

★ Don't **bully** my puppy anymore.
不要再欺負我的小狗了。

**busy**
['bɪzɪ]
adj 忙碌的；熱鬧的

★ Many graduates are **busy** with finding jobs.
許多畢業生都忙著找工作。

片語加油站

**be busy with** 忙於

My mother **is busy with** the preparation for dinner.
我媽媽正忙著準備晚餐。

**be busy doing** 忙於做…事

Bob **is busy reading** an interesting magazine.
鮑伯正忙於看一本有趣的雜誌。

**button**
['bʌtn̩]
n 鈕釦；按鈕

★ There are 3 **buttons** on the black suit.
這件黑色西裝上有三顆釦子。

**buy**
[baɪ]
v 買；購買

★ Please **buy** me a dozen of eggs from the supermarket.
請幫我從超市買一打雞蛋回來。

★ In order to win the match, Allan **bought** off all the judges.
為了贏得這場比賽，艾倫收買了所有的裁判。

**calculating**
['kælkjə,letɪŋ]
adj 計算的；算計的

★ Don't be so **calculating**.
不要那麼計較得失。

**call**
[kɔl]
v 叫；打電話；
n 呼叫；電話

★ Who **called** you last night?
昨晚誰打電話給你？

## 片語加油站

**call in** 召來；請來

Please **call** Bob **in**; I have something important to tell him.
請把鮑伯叫進來，我有重要的事和他說。

**call it a day** 今天到此為止

We have done a lot of work today; let's **call it a day**.
我們已經做了很多工作了，今天就到此為止吧。

**calm**
[kɑm]
v 冷靜；adj 冷靜的；安靜的

★ Please keep **calm**, the police will be here soon.
請保持鎮靜，警察快來了。

**campaign**
[kæm'pen]
v 參加運動；
n 運動

★ The no-smoking **campaign** is still under way.
禁煙活動還在進行中。

**cancel**
['kænsḷ]
v 取消；中止

★ I have to **cancel** my appointment with the doctor.
我必須取消和醫生的預約。

★ Due to the bad weather, the meeting was **cancelled**.
由於天氣不好，會議取消了。

**capable**
['kepəbḷ]
adj 有能力的；能幹的

★ Allan is **capable** of skating.
艾倫會溜冰。

★ I think Holly is **capable** of managing this supermarket.
我認為荷莉有能力管理這個超市。

**capital**
['kæpətl̩]
n 首都；資本；adj 資本的

★ The **capital** of the United States is Washington, D.C. .
美國的首都是華盛頓特區。

★ After just one year of investing in property, Clarissa has doubled her **capital**.
克拉芮莎在投資房地產的短短一年後，資本就翻倍了。

**care**
[kɛr]
v 介意；在乎；n 照料

★ The nurse took **care** of patients very carefully.
護士很仔細的照顧病人。

**career**
[kə'rɪr]
n 職業；adj 職業的

★ I started my **career** as a salesperson.
我從銷售人員開始自己的職業生涯。

**careful**
['kɛrfəl]
adj 仔細的；小心的

★ You cannot be too **careful** in the exam.
在考試中你無論多仔細都不過分。

**cashier**
[kæ'ʃɪr]
n 出納員

★ The **cashier** checked the sum of the money before going home.
收銀員在回家之前核對了總金額。

**cassette**
[kæ'sɛt]
n 卡式磁帶

★ Listen to the **cassette** and answer the question.
聽錄音帶然後回答問題。

**catch**
[kætʃ]
v 接住；逮住；n 抓住

★ Marlin was **caught** stealing money from his friends.
馬林被抓到偷他朋友的錢。

★ I have to get up early to **catch** the early bus for school.
我不得不早起趕早班車去學校。

**cause**
[kɔz]
v 引起；導致；n 原因

★ I will find out the **causes** of the accident soon.
我會很快找出事故的原因。

★ Many car accidents are **caused** by drivers who speed.
許多車禍都是因駕駛超速發生的。

**ceiling**
['silɪŋ]
n 天花板；最高限度

★ Kerry is too short to get to the **ceiling**.
凱莉太矮了搆不著天花板。

**celebrate**
['sɛlə,bret]
v 慶祝

★ We did a perfect job, so we want to **celebrate**.
我們工作做得很完美，所以想去慶祝一下。

**celebration**
[,sɛlə'breʃən]
n 慶祝；慶祝活動

★ We are all looking forward to the upcoming university anniversary **celebration**.
我們都期待即將到來的學校週年慶典。

**cent**
[sɛnt]
n 分

★ I will pay 50 **cents** for the bus.
我願意付50分錢搭公車。

**center**
['sɛntɚ]
n 中心；中樞；核心

★ There is a child care **center** behind the factory.
在工廠的後面有一間托兒所。

**cereal**
['sɪrɪəl]
n 穀類植物；麥片

★ It is good for your health to eat some **cereal**.
吃些麥片對你的身體有好處。

**chairman**
['tʃɛrmən]
n 主席；議長

★ A few members agreed with the **chairman**.
有少數的成員同意主席的意見。

## 實力養成

**championship**
['tʃæmpɪən,ʃɪp]
n 冠軍稱號；擁護

★ Our football team won the **championship** in the match.
我們的足球隊在比賽中贏得了冠軍。

**character**
['kærɪktɚ]
n 品質；人物

★ It was out of **character** for you to speak rudely in public.
在公共場合這麼粗魯地說話很沒有品。

**characteristic**
[,kærɪktə'rɪstɪk]
n 特性；特徵；adj 特有的

★ The dance displays the **characteristics** of the nation.
這個舞蹈表現了民族的特點。

★ The restaurant seems to be **characteristic** of vegetable dishes.
這家餐廳似乎以素菜為特色。

**charity**
['tʃærətɪ]
n 慈善；慈善事業

★ He spent almost his entire life doing **charity** work.
他的一生幾乎都在做慈善工作。

**charming**
['tʃɑrmɪŋ]
adj 迷人的；有魅力的

★ He is a **charming** man, so he has a lot of friends.
他是個有魅力的男人，所以有很多的朋友。

**chat**
[tʃæt]
v 閒談；聊天；n 聊天

★ They always **chat** and play cards together.
他們經常一起聊天打牌。

★ I always feel happy after **chatting** with her.
跟她聊天之後，我總是感到很開心。

**cheer**
[tʃɪr]
v 歡呼；喝采

★ They **cheered** to celebrate victory.
他們歡呼慶祝勝利。

**cheese**
[tʃiz]
n 乳酪；乾酪

★ I want to bring some bread with **cheese** to school for breakfast.
我想帶一些乳酪麵包去學校當早餐。

**chemistry**
['kɛmɪstrɪ]
n 化學

★ I don't know much about **chemistry**.
我對化學懂得不多。

**child**
[tʃaɪld]
n 小孩；孩子

★ Tom and his wife Mary have two **children**.
湯姆和他的妻子瑪麗有兩個孩子。

**chimney**
['tʃɪmnɪ]
n 煙囪

★ This kind of house with a **chimney** is European style.
這種有煙囪的房子是歐式風格。

**choke**
[tʃok]
v 窒息；阻塞；
n 窒息

★ Ben **choked** back his tears when he heard the bad news.
班聽到這個壞消息時忍住了眼淚。

**choose**
[tʃuz]
v 選擇；挑選

★ She danced so well that she was **chosen** as the party queen.
她跳舞跳的很好，被選為舞會上的女王。

★ If you've finished your homework, you can **choose** to go home early.
如果你完成作業了，你可以選擇提早回家。

**church**
[tʃɝtʃ]
n 教堂；教會

★ The **church** stands on the top of the hill.
教堂位於那座山的山頂上。

**clap**
[klæp]
v 拍手；鼓掌；
n 拍手

★ The audience **clapped** wildly for the fantastic performance.
觀眾們為精彩的演出瘋狂鼓掌。

**clearly**
['klɪrlɪ]
adv 清楚地；明亮地

★ Please turn on the light so I can see those words **clearly**.
請把燈打開好讓我看清楚那些字。

★ The writer's opinions were **clearly** expressed in this essay.
這篇文章清晰地表達了作者的觀點。

**clerk**
[klɝk]
n 職員；店員

★ Lane works as a **clerk** for Ellesmere Corporation.
蓮在艾斯米爾公司當職員。

**clever**
['klɛvɚ]
adj 聰明的；機敏的；巧妙的

★ Michael, my son, is very **clever**.
我的兒子麥可十分聰明。

**coast**
[kost]
n 海岸

★ They are sailing along the **coast**.
他們沿著海岸航行。

**collect**
[kə'lɛkt]
v 收集；聚集

★ I enjoy **collecting** old coins.
我喜歡收集舊硬幣。

★ Jack was given to **collecting** stamps.
傑克熱中集郵。

**collection**
[kə'lɛkʃən]
n 收集；收集物；收藏品

★ They offered me $1000 to buy my stamp **collection**.
他們開價一千美元購買我的郵票收藏。

**code**
[kod]
n 密碼；代碼

★ Nobody can open the door without the **code**.
沒有密碼，沒人可以打開這扇門。

**come**
[kʌm]
v 來；出現；來自於

★ Be sure to **come** to school on time next time.
下次務必準時到學校。

片語加油站

**come out** 出版；刊出

Today's evening newspaper didn't **come out** until 8 o'clock.
今天的晚報直到八點才出版。

**come true** 實現；夢想成真

Ned's dream of traveling around the world **came true**.
奈德環遊世界的夢想實現了。

**come to an end** 結束

The movie was **coming to an end** and the audience stood up.
電影接近尾聲，觀眾站了起來。

**come to light** 真相大白；顯露

All of the machine's defects have gradually **come to light**.
這臺機器的所有缺點都逐漸暴露出來了。

**come up with** 提出；提供

How could you **come up with** such an excellent plan?
你怎麼想到這麼好的計畫啊？



**committee**
[kə'mɪtɪ]
n 委員會

★ The manager's proposal was approved by the **committee**.
經理的提案得到了委員會的認可。

**common**
['kɑmən]
adj 共同的；公共的

★ We must protect the **common** interests of the society.
我們必須保護社會的公共利益。

**communicate**
[kə'mjunə,ket]
v 傳達；傳播

★ I need a phone to **communicate** with people.
我需要一支電話來聯繫人。

**communication**
[kə,mjunə'keʃən]
n 通信；傳達

★ He is the professor in the field of **communication**.
他是傳播學的教授。

**company**
['kʌmpənɪ]
n 公司

★ I have been working in this **company** for ten years.
我在這家公司已經工作十年了。

**compare**
[kəm'pɛr]
v 比較；相比

★ Teachers are often **compared** to gardeners.
老師常被比做園丁。

★ **Compared** to an elephant, a lion runs faster.
和大象相比，獅子跑得更快。

**compass**
['kʌmpəs]
n 圓規；指南針

★ You can use a **compass** to draw a circle.
你可以用圓規畫圓圈。

**compete**
[kəm'pit]
v 競爭

★ Kerry did not **compete** at the jumping match yesterday.
凱芮沒有參加昨天的跳高比賽。

**competence**
['kampətəns]
n 能力；勝任

★ Jenny has the **competence** to take on the challenge.
珍妮有能力接受這個挑戰。

**complete**
[kəm'plit]
v 完成；adj 完整的

★ Make sure that you **complete** your homework by yourself.
請確定你自己完成你的作業。

★ The man standing over there is a **complete** stranger to me.
站在那裡的那個人，對我而言是個完全的陌生人。

**complex**
[kəm'plɛks, 'kamplɛks]
adj 複雜的

★ The topic seems to be **complex** but in fact it isn't.
這個話題似乎很複雜，其實不然。

**compose**
[kəm'poz]
v 組成；構圖；創作

★ This flag is **composed** of ten stars.
這面旗由十個星星組成。

**compromise**
['kɑmprə,maɪz]
v 妥協；和解；
n 和解

★ Ned is a person who never **compromises** with others on his principles.
奈德是個從不在原則問題上和別人妥協的人。

**computer**
[kəm'pjutɚ]
n 電腦

★ I want to learn how to use **computers**.
我想學習使用電腦。

**concentrate**
['kɑnsən,tret]
v 集中；全神貫注

★ Nancy **concentrated** on her study all afternoon.
南西整個下午都專注學習。

**concern**
[kən'sɝn]
v 使關心；關於；n 顧慮

★ This book **concerns** a lot of social issues.
這本書涉及很多社會問題。

★ As far as I'm **concerned**, the earth is becoming more and more crowded.
正如我擔心的那樣，地球正變得越來越擁擠。

**concert**
['kɑnsɝt]
n 音樂會

★ Jane had taken part in many **concerts** in London.
珍在倫敦參加過很多次音樂會。

**conclude**
[kən'klud]
v 使結束；結束

★ I chose a short video to **conclude** my presentation.
我選擇了一個短片來結束演講。

**confess**
[kən'fɛs]
v 向…懺悔；承認

★ The clerk **confessed** to stealing money from the bank.
這個職員承認他偷了銀行的錢。

★ Ada **confessed** her mistake to her father and he forgave her.
艾妲向她爸爸承認了錯誤，他原諒了她。

**confidence**
['kɑnfədəns]
n 信心；信賴

★ After this failure, William completely lost his **confidence**.
經過這次失敗，威廉徹底失去了信心。

★ First and foremost, you must have **confidence** in yourself.
首先，你要對自己有信心。

**confident**
['kɑnfədənt]
adj 有信心的；確信的

★ Jim is **confident** in winning the match.
吉姆有信心贏得比賽。

**connect**
[kə'nɛkt]
v 聯繫；連接

★ My computer is **connected** to many others.
我的電腦和許多電腦相連。

**consist**
[kən'sɪst]
v 組成；在於

★ Our team **consists** of eleven players.
本隊由十一位隊員組成。

**contact**
['kɑntækt]
n 聯繫；聯絡；v 聯絡

★ He lost **contact** with his girlfriend because of the war.
由於戰爭，他和女朋友失去了聯繫。

★ When you come to London for vacation, please **contact** me.
你來倫敦度假時，請和我聯絡。

**contest**
['kɑntɛst]
n 競賽；競爭

★ The singing **contest** is going to be held in this university.
歌唱比賽將在這所大學舉行。

**control**
[kən'trol]
v 控制；n 控制；支配

★ The fire is out of **control**, so we should call the firemen.
火勢無法控制了，我們應該要叫消防員。

**convert**
[kən'vɝt]
v 變換；轉變

★ How can I **convert** Celsius to Fahrenheit?
怎麼樣把攝氏溫度換算成華氏溫度？

**convertible**
[kən'vɝtəbl̩]
n 敞篷汽車；adj 可轉換的

★ **Convertibles** were very popular in the mid 1960s.
六〇年代中期敞篷車十分流行。

**convince**
[kən'vɪns]
v 說服；使確信

★ Sandy **convinced** her parents to let her go abroad.
珊蒂說服了她父母同意她出國。

★ Having studied your proposal carefully, I am **convinced** that neither of your two solutions are workable.
仔細研究你們的提案後，我確信兩個解決方案都不可行。

**contract**
['kɑntrækt]
n 合同；合約

★ When is the convenient time for you to sign this **contract**?
你什麼時候方便簽這份合約？

**core**
[kor]
n 中心部分；核心

★ Lucy loved her pet to the **core**.
露西愛死她的小寵物了。

**considerate**
[kən'sɪdərɪt]
adj 考慮周到的；體貼的

★ Nurses are quite **considerate** of their patients.
護士對待病人十分體貼。

**content**
['kɑntɛnt]
n 滿足；內容；目錄；adj 滿意的

★ Please help yourselves and play to your hearts' **content**.
請自便，盡情地玩。

★ The secretary set down the main **content** during the meeting.
祕書在會議期間記下主要內容。

**continue**
[kən'tɪnju]
v 使繼續；繼續

★ Don't be afraid, just **continue** on.
不要害怕，就這樣繼續。

★ You can **continue** working after you have a rest.
你可以休息一會再繼續工作。

**converse**
[kən'vɝs]
v 交談

★ He began **conversing** with my classmates.
他開始與我的同學交談起來。

**corporation**
[ˌkɔrpəˈreʃən]
n 法人；股份(有限)公司

★ My husband works as a manager for the SIMENS **Corporation**.
我丈夫在西門子公司當經理。

**cover**
[ˈkʌvɚ]
v 遮蓋；n 書的封面；掩護

★ There is a hurricane coming soon, you have to stop your work and take **cover**.
颶風很快就要來了，你必須停止工作並找個地方掩護。

**count**
[kaunt]
v 數；計算；
n 計數；總數

★ Please **count** Sophie in the attendance for our party.
請把蘇菲算入我們的聚會的邀請名單。

**counterfeit**
[ˈkauntɚˌfɪt]
v 仿造；偽造；
n 仿製品

★ The accountant admitted to **counterfeiting** on the account.
會計師承認在帳目上作假。

**courage**
[ˈkɝɪdʒ]
n 勇氣；膽量

★ He is a man of **courage**.
他是個有膽量的人。

**cousin**
[ˈkʌzn̩]
n 堂兄弟(姊妹)；表兄弟(姊妹)

★ Lucy is my uncle's daughter. She is my **cousin**.
露西是我舅舅的女兒，她是我的表姊。

**crazy**
[ˈkrezɪ]
adj 狂熱的；著迷的

★ My sister is **crazy** about pop music.
我姊姊對流行音樂很著迷。

★ Jenny is **crazy** about collecting classic CDs.
珍妮非常喜歡收藏古典樂CD。

**cream**
[krim]
n 乳脂；奶油

★ It is not healthy to eat too much **cream**.
奶油吃多了對身體不好。

**credit**
['krɛdɪt]
v 相信；n 信用；信譽

★ Will you pay by cash or **credit** card?
您要用現金還是信用卡付款？

**criminal**
['krɪmən!]
n 罪犯；adj 違法的；刑事上的

★ The government promised to clean up the city by getting rid of **criminals**.
政府承諾要除掉罪犯，清理整座城市。

**critical**
['krɪtɪk!]
adj 評論性的；關鍵的

★ The situation is **critical**; we must solve it.
情況已經很危險了，我們必須解決。

**criticize**
['krɪtə,saɪz]
v 評論；批判

★ Our boss often **criticizes** us when we make mistakes.
我們犯錯的時候，老闆常常指責我們。

★ The teacher **criticized** our attitudes toward doing our homework.
老師批評我們對做功課的態度。

**cross**
[krɔs]
v 穿過；橫穿；n 十字架

★ You must be careful when **crossing** the streets.
過馬路的時候一定要小心。

## 片語加油站

**cross off** 劃掉

If Jim is late again, we will **cross off** his name.
如果吉姆又遲到，我們會將他的名字劃掉。

**cup**
[kʌp]
n 杯子；杯狀物

★ Would you give me a **cup** of coffee?
可以給我一杯咖啡嗎？

片語加油站

**a cup of** 一杯

I would like **a cup of** coffee without sugar.
我想要一杯無糖咖啡。

**a cup of tea** 一杯茶

After drinking **a cup of tea**, Holly went on with the report.
喝過一杯茶後，荷莉繼續寫報告。

**customer**
['kʌstəmɚ]
n 顧客；消費者

★ Above all, we should understand what our **customers** need.
最重要的是，我們應該明白我們的客戶需要什麼。

**cut**
[kʌt]
v 切；剪；切斷；
n 傷口；削減

★ I will have my hair **cut** at 8:00.
八點時我要去理髮。

片語加油站

**cut across** 抄近路穿過；對直通過

We **cut across** our neighbors' garden on our way home.
回家的路上，我們抄近路穿過了鄰居家的花園。

**cut corners** 走捷徑

You must work hard and never think of **cutting corners**.
你必須認真工作，不要想著走捷徑。

**cut in** 插嘴；打斷

Ada likes to **cut in** when others are speaking.
愛妲喜歡在其他人講話的時候插嘴。

**daily**
['delɪ]
adj 每天的；
adv 每天

★ Reading newspapers is my **daily** task in the morning.
讀報紙是我每天早晨的工作。

★ My task is to make 200 sentences about **daily** life.
我的任務是造兩百句關於日常生活的句子。

**damage**
['dæmɪdʒ]
v 損害；n 損害；賠償金

★ The virus may cause great **damage** to the computers.
病毒可能會對電腦造成嚴重的破壞。

★ Luckily, the earthquakes did not cause any **damage** to the new bridge.
幸運的是這次地震沒有對新建的橋造成傷害。

**danger**
['dendʒɚ]
n 威脅；危險

★ Hunters often face difficulties and **danger**.
獵人常常面對危險與困境。

★ I tried to warm him about the **danger**, but he didn't listen.
我試圖警告他那很危險，可是他不聽。

**dangerous**
['dendʒərəs]
adj 危險的

★ It is **dangerous** for a child to play with a knife.
小孩子玩刀是很危險的。

**dare**
[dɛr]
v 膽敢；v aux 敢；膽敢

★ Bill **dared** not tell lies in front of his father.
比爾不敢在父親面前說謊。

**darkness**
['dɑrknɪs]
n 黑暗

★ He won't be afraid of **darkness** as long as I stay with him.
只要我陪著他，他就不會害怕黑暗。

**data**
['detə]
n 資料(datum的複數)

★ Is the **data** based on market research?
這些數據是以市場調查為基礎的嗎？

**date**
[det]
v 和…約會；n 日期；約會

★ What **date** is the day after tomorrow? It is February 1st.
後天是幾號？是二月一號。



**dawn**
[dɔn]
v 漸漸明白；n 黎明

★ Tommy got up right after **dawn**.
湯米天一亮就馬上起床。

★ It suddenly **dawned** on her that her husband might be cheating.
她突然意識到丈夫可能對她不忠。

**deal**
[dil]
v 分配；處理；交易；n 買賣；交易

★ Rena doesn't know how to **deal** with the problem.
芮娜不知道該怎麼處理這個問題。

## 片語加油站

**deal with 處理**

I have to **deal with** a large quantity of mails every day.
我每天不得不處理大量郵件。

**a great deal of 大量的**

Jim will stay up all night today. There is still **a great deal of** work to do.
今晚吉姆要熬夜了，他還有大量的工作要做。

**debate**
[dɪ'bet]
v 爭論；辯論；n 爭論

★ They **debated** on the issue from 1:00 to 5:00.
他們從一點鐘到五點鐘一直辯論這個問題。

**deceive**
[dɪ'siv]
v 欺騙；行騙

★ Don't **deceive** kind people.
不要欺騙善良的人。

**decision**
[dɪ'sɪʒən]
n 決定；決心

★ Mrs. Wang always supports her husband's **decisions**.
王太太總是支持她丈夫的決定。

**decorate**
['dɛkə,ret]
v 修飾；裝飾

★ She wanted to **decorate** her room on her own.
她想自己布置房間。



**decrease**
[dɪ'kris]
v 減少；減小；
n 減少

★ The number of people who smoke is **decreasing**.
吸煙的人數正在減少。

★ The sales **decreased** rapidly due to the Great Depression.
由於經濟大蕭條，銷售額劇烈下降。

**definitely**
['dɛfənɪtlɪ]
adv 明確地；肯定地

★ Holly will **definitely** succeed.
荷莉一定會成功的。

★ Killing cats is **definitely** a cruel behavior.
殺死貓咪絕對是一種殘酷的行為。

**delay**
[dɪ'le]
v 延誤；延期；
n 耽擱；延遲

★ Due to the bad weather, we had to **delay** our plan.
由於天氣不好，我們必須延遲計畫。

**delighted**
[dɪ'laɪtɪd]
adj 高興的

★ Tony is **delighted** to see his pet dog.
東尼很開心看到他的寵物狗。

**demand**
[dɪ'mænd]
v 需要；要求；
n 需求；要求

★ Good products are in great **demand**.
好商品的需求量很大。

**demolish**
[dɪ'malɪʃ]
v 毀壞；打敗

★ The hospital was **demolished** two years ago.
兩年前這座醫院拆毀了。

**deposit**
[dɪ'pɑzɪt]
v 儲存；存放

★ Dad goes to the bank three times a month to **deposit** money.
爸爸每個月去銀行存三次錢。

**describe**
[dɪ'skraɪb]
v 描寫；形容

★ Real beauty cannot be **described**.
真正的美是無法形容的。

★ Can you **describe** your pencil box in English?
你能用英語描述一下你的鉛筆盒嗎？

**desert**
['dɛzɚt]
n 沙漠；adj 沙漠的

★ It is dangerous to cross the **desert** alone.
一個人穿越沙漠是很危險的。

**dessert**
[dɪ'zɝt]
n (餐後)甜點

★ Usually I don't have **desserts** after dinner.
我通常晚飯後不吃甜點。

**destroy**
[dɪ'strɔɪ]
v 毀壞；破壞

★ The houses **destroyed** in the earthquake are still under repair.
在地震中毀壞的房子還在修理中。

**detail**
['ditel, dɪ'tel]
n 細節；詳情

★ Jason taught me in **detail** how to repair the bike.
傑森詳細地教我如何修理自行車。

**determination**
[dɪ,tɝmə'neʃən]
n 堅定；決心

★ What gave you the **determination** to quit smoking?
是什麼讓你下決心戒煙？

**determine**
[dɪ'tɝmɪn]
v 決定；影響；判決

★ We are concerned with the weather condition, which **determines** whether we can hold the party tomorrow.
我們很擔心天氣狀況，因為這將影響明天是否能舉辦宴會。

**develop**
[dɪ'vɛləp]
v 發展；開發

★ The economy in Shanghai has been **developing** quickly these few years.
這幾年上海的經濟發展很快。

**devote**
[dɪ'vot]
v 將…奉獻給；專注於…

★ The woman John **devoted** himself to left with his money.
約翰深愛的女人拿了他的錢跑了。

**diary**
['daɪərɪ]
n 日記；日誌

★ Many students lock up their **diaries** in their own drawers.
許多學生把自己的日記鎖在自己的抽屜中。

**digital**
['dɪdʒɪtl̩]
adj 數字的；指的

★ **Digital** cameras are easier to use compared to conventional ones.
數位相機比傳統相機更容易使用。

**die**
[daɪ]
v 死；(草木)凋謝

★ I kept some chicks but they all **died** last week.
我養了些小雞，可是牠們上星期都死掉了。

**different**
['dɪfərənt]
adj 不同的；各種各樣的

★ Everyday she could taste **different** types of wine.
她每天都可以品嘗到不同的酒。

**difficult**
['dɪfə,kʌlt, -kəlt]
adj 困難的

★ Jason admitted that it's **difficult** for him to be on time.
傑森承認對他而言要準時很困難。

**difficulty**
['dɪfə,kʌltɪ, -kəl-]
n 困難；困境

★ When faced with **difficulty**, he didn't give up at all.
當面對困難時，他沒有放棄。

**dine**
[daɪn]
v 進餐；用餐

★ I didn't prepare dinner today; let's **dine** out tonight.
我今天沒有準備晚飯，我們今晚出去吃吧。

**dinner**
['dɪnɚ]
n 晚餐；宴會；晚宴

★ Lucy had been working for an hour by **dinner**.
到晚飯時露西已經工作一個小時了。

**directly**
[də'rɛktlɪ, daɪ-]
adv 直接地；筆直地

★ I am **directly** responsible to the manager.
我直接對經理負責。

**discount**
['dɪskaunt, dɪs'kaunt]
v 將商品打去…折扣；n 折扣

★ Many customers like the **discounted** merchandise.
很多消費者都喜歡打折商品。

★ We offer a 10 percent **discount** to all our customers.
我們為所有客戶提供九折優惠。

**discover**
[dɪ'skʌvɚ]
v 發現；發覺

★ By chance, they **discovered** the gold ore.
偶然地，他們發現了金礦。

**discriminate**
[dɪ'skrɪmə'net]
v 區別；辨別

★ It is impolite of you to **discriminate** against the blind.
你歧視瞎子是不禮貌的。

**discuss**
[dɪ'skʌs]
v 討論；論述

★ Firstly, let's **discuss** today's problem.
首先，讓我們討論一下今天的問題。

**disdain**
[dɪs'den]
n 輕蔑；v 蔑視

★ The teacher asked her students not to **disdain** the old.
老師要求學生不要輕視老人。

**dislike**
[dɪs'laɪk]
v 不喜愛；厭惡；n 不喜愛；厭惡

★ Everyone **disliked** him.
大家都不喜歡他。

★ I **dislike** being laughed at in public.
我不喜歡當眾被人嘲笑。

**display**
[dɪ'sple]
v 顯示；炫耀；n 展覽

★ They hired an architect to design the **display** room.
他們請一位設計師來設計展示廳。

**disrupt**
[dɪs'rʌpt]
v 使打斷；使中斷

★ His appearance **disrupted** our party.
他的出現打斷了我們的聚會。

**distance**
['dɪstəns]
n 距離；遠處

★ There is a hill in the **distance**.
在遠處有一座山。

**distinctive**
[dɪ'stɪŋktɪv]
adj 有特色的；特殊的

★ The hot climate is a **distinctive** characteristic of the country.
炎熱的天氣是這個國家的特點。

**distribute**
[dɪ'strɪbjut]
v 分發；分配

★ The volunteers **distributed** the food among the poor.
志願者把食物分發給窮人們。

**divide**
[də'vaɪd]
v 分；分配；分開

★ 20 members were **divided** into 4 groups to play the game.
二十名成員被分為四組來玩這個遊戲。

**document**
['dɑkjəmənt]
n 公文；文件

★ I spent a whole day dealing with these **documents**.
我花了一整天處理這些文件。

**dollar**
['dɑlɚ]
n (美國貨幣單位)元

★ The cost of John's travel to Hong Kong amounted to five thousand **dollars**.
約翰到香港的旅遊費用共計五千美元。

**donate**
['donet]
v 捐獻；捐贈

★ Many people **donate** to charity only for a good reputation.
很多人向慈善機構捐款只是為了圖個好名聲。

**doubt**
[daut]
v 懷疑；n 懷疑；疑慮

★ I **doubt** that you can win this game.
我懷疑你能在遊戲中取勝。

★ There's no **doubt** that he is bankrupt.
這是千真萬確的，他破產了。

**drama**
['drɑmə, 'dræmə]
n 戲；戲劇；劇本

★ He wants to be a **drama** student.
他想成為戲劇系的學生。

**draw**
[drɔ]
v 畫；畫圖

★ I need a ruler to **draw** straight lines.
我需要一把尺來畫直線。

★ She can **draw** beautiful pictures.
她會畫漂亮的圖畫。

**dream**
[drim]
n 夢；v 做夢；嚮往

★ Ever since childhood, I **dreamt** of becoming a sailor.
從小時候起我就夢想成為一個水手。

**dress**
[drɛs]
v 給…穿衣；穿衣；n 女裝

★ The Blacks **dressed** in their best and attended the concert.
布萊克一家穿著最好的衣服去參加音樂會。

★ She is wearing an orange-colored **dress** with short socks tonight.
她今晚穿著一件橘色洋裝配短襪。

**drive**
[draɪv]
v 駕駛；開車

★ You were really unwise to have **driven** a car after drinking.
你酒後駕車實在是太不明智了。

**drop**
[drɑp]
v 降低；下降；n (一)滴；下降

★ We must not look down upon those who have **dropped** out of school to help out at home.
我們不應該瞧不起那些為了在家裡幫忙而輟學的人們。

**dry**
[draɪ]
v 晒乾；adj 乾的

★ The flowers need more watering in such a **dry** season.
在這麼乾燥的季節，需要替花多澆水。

**during**
['djʊrɪŋ]
prep 在…整個期間；在…期間的某時候

★ A worker belongs to his company **during** working time.
在工作期間，勞工是隸屬於公司。

**earnest**
['ɝnɪst]
adj 認真的；誠摯的；熱心的

★ Teachers are quite **earnest** to the students.
老師對學生十分認真負責。

**earthquake**
['ɝθ,kwek]
n 地震

★ The little boy died in the **earthquake**.
小男孩死於地震。

**easily**
['izḷɪ]
adv 容易地；輕易地

★ We're sure to win. Don't give up so **easily**.
我們一定會贏的。不要輕易放棄。

### 實力養成

**education**
[ˌɛdʒə'keʃən]
n 教育；培養

★ His college **education** on business made him a successful manager.
他在商業方面的大學教育使得他成為一個成功的經理。



片語加油站

**adult education** 成人教育

The boom in **adult education** is a good business opportunity.
成人教育的蓬勃發展是一個好的商業契機。

**elder**
['ɛldɚ]
n 長者；adj 年齡較大的

★ The new bike belongs to my **elder** brother.
這輛新腳踏車是我哥哥的。

★ My **elder** brother, Jack, works as a waiter in a restaurant.
我的哥哥傑克在一家餐廳當服務生。

**elegance**
['ɛləgəns]
n 優雅

★ He watched her playing the piano, admiring her beauty and **elegance**.
他看著她彈鋼琴，欣賞著她的美麗和優雅。

**elegant**
['ɛləgənt]
adj 雅致的；優雅的

★ Golf is an **elegant** sport.
高爾夫球是一項優雅的運動。

**embarrass**
[ɪm'bærəs]
v 使…感到困窘

★ She felt so **embarrassed** that she didn't know what to do.
她因為感到難為情而不知如何是好。

**emergency**
[ɪ'mɝdʒənsɪ]
n 緊急情況；突發事件

★ In the event of an **emergency**, you should call the police.
萬一有緊急情況，你要打電話報警。

**employ**
[ɪm'plɔɪ]
v 僱用；使用

★ This company **employs** more than 10,000 workers.
這家公司僱用超過一萬名員工。

**end**
[ɛnd]
v 結束；終止；n 結束

★ Bob won the game in the **end**.
最後鮑伯贏得比賽。

★ He **ended** his wonderful report with a short video.
他用一個短片作為他精彩報告的結束。

**energetic**
[,ɛnə-'dʒɛtɪk]
adj 精力旺盛的；積極的

★ He looks **energetic** in sports wear.
他穿著運動服看起來很有活力。

**enhance**
[ɪn'hæns]
v 提高；增加

★ People use robots to **enhance** the efficiency of manufacture.
人們使用機器人來提高生產效率。

**enjoy**
[ɪn'dʒɔɪ]
v 喜愛；享受

★ Please **enjoy** yourself at the birthday party.
請在慶生會上玩得開心。

**enormous**
[ɪ'nɔrməs]
adj 巨大的；龐大的

★ Hippos eat a lot to maintain their **enormous** body.
河馬吃很多食物來供養巨大的身體。

**enough**
[ə'nʌf, ɪ'nʌf]
adj 足夠的；adv 足夠地；相當地

★ Going too far is just as bad as not going far **enough**.
過猶不及。

**ensure**
[ɪn'ʃur]
v 保證；擔保

★ The supplier **ensured** that defective goods can be returned.
供應商承諾瑕疵商品可以退還。

**entire**
[ɪn'taɪr]
adj 全部的；整個的；完全的

★ Cowboy movies influenced an **entire** generation.
牛仔電影影響了一代人。

**envelope**
['ɛnvə,lop]
n 信封；封套

★ People can buy **envelopes** and stamps in the post office.
人們可以在郵局裡買到信封和郵票。

**envious**
['ɛnvɪəs]
adj 嫉妒的；羨慕的

★ I'm **envious** that you got a better mark than I did.
我羨慕你拿的分數比我高。

**equal**
['ikwəl]
adj 相等的

★ The rights of women should be **equal** to those of men.
女人的權利應該和男人一樣。

**especially**
[ə'spɛʃəlɪ]
adv 尤其；特別

★ Mimi is very pretty, **especially** her black eyes.
咪咪很漂亮，特別是她的黑眼睛。

**essence**
['ɛsn̩s]
n 實質；本體

★ In **essence** Tom was not a bad child.
湯姆的本質不壞。

**essential**
[ə'sɛnʃəl]
n 本質；adj 必要的；不可缺的

★ Water is **essential** to our survival.
水對我們生存是不可或缺的。

**eve**
[iv]
n 前夕；傍晚

★ I have to finish my job before New Year's **Eve**.
我必須在除夕之前做完工作。

**evil**
['ivḷ]
n 邪惡；罪惡；adj 邪惡的

★ A knight killed the **evil** dragon and saved the girl.
騎士殺死了邪惡的巨龍並救出了女孩。

★ Don't give in to **evil**.
不要向邪惡屈服。

**exact**
[ɪg'zækt]
adj 確切的；精密的；嚴格的

★ I said the **exact** same thing to Tony.
我對東尼說了同樣的話。

**example**
[ɪg'zæmpḷ]
n 例子；樣本

★ From this **example** we can learn a lot.
從這個例子中我們能學到很多。

**exclude**
[ɪk'sklud]
v 把…排除在外；不包括

★ **Excluding** the teachers, there are 50 people in the classroom.
除了老師之外，教室裡有五十個人。

**existence**
[ɪg'zɪstəns]
n 生存；存在

★ My boss was so busy that he seemed to have forgotten my **existence**.
我老闆忙到似乎忘了我的存在了。

**expand**
[ɪk'spænd]
v 展開；擴大；發展

★ KFC **expands** its operation by opening branch stores.
肯德基藉由開連鎖店來擴大經營規模。

**expectation**
[ˌɛkspɛk'teʃən]
n 期待

★ The result of the experiment was contrary to his **expectation**.
實驗的結果和他的期望相反。

**expense**
[ɪk'spɛns]
n 費用；價錢；支出；消耗；損失；代價

★ Rents and daily **expenses** must be considered when you're running a company.
租金和日常開銷是經營公司時必須列入考慮的。

## 實力養成

### 片語加油站

**at the expense of** 以…為代價

It is not wise to work **at the expense of** your health.
以健康為代價來工作是不明智的。

**at one's expense** 由…出錢

The manager often eats outside **at** the company's **expense**.
經理經常用公費在外面吃喝。

**expensive**
[ɪk'spɛnsɪv]
adj 昂貴的；花錢的

★ The child asked his mother for an **expensive** toy on his birthday.
小孩在生日時向媽媽要一樣很貴的玩具。

**experiment**
[ɪk'spɛrəmənt]
v 試驗；n 實驗；試驗

★ His theory was built on the **experiment**.
他的理論是以實驗為基礎的。

**explain**
[ɪk'splen]
v 解釋；說明…的理由

★ To this day, there are still many things that people can't **explain**.
目前為止，還是有許多事情是人們無法解釋的。

**extinct**
[ɪk'stɪŋkt]
adj 絕種的；熄滅的

★ Many animals have become **extinct** because of pollution to the environment.
許多動物由於環境汙染滅絕了。

**extra**
['ɛkstrə]
n 附加費用；adj 額外的

★ Please put an **extra** coat on because it will get colder at night.
晚上會變冷，請再另外加件外套吧。

**face**
[fes]
v 面臨；使面對；
n 臉；面容

★ You must keep calm when you **face** dangers.
當你面對危險時要保持鎮靜。

★ My mother keeps washing her **face** with cold water.
我媽媽總是用冷水洗臉。

**fact**
[fækt]
n 事實；真相

★ Jim looks like a student, but he is in **fact** a teacher.
吉姆看起來像個學生，但事實上他是老師。

**factory**
['fæktərɪ]
n 工廠

★ My father is a worker in the **factory**.
我爸爸是一個工廠的工人。

**fade**
[fed]
v 變微弱；
逐漸消失

★ The footsteps of Bob **faded** away in the distance.
鮑伯的腳步聲漸漸消失在遠處。

**fail**
[fel]
v 失敗；不及格

★ Study harder, or you may **fail** the examination.
用功點，否則你考試可能不及格。

**fall**
[fɔl]
v 落下；減少；
下降

★ The sales of our department **fell** behind theirs this month.
這個月我們部門的業績落後他們。

**fancy**
['fænsɪ]
adj 別緻的；
昂貴的

★ We go to **fancy** restaurants once in a while.
我們偶爾會去高級餐廳用餐。

**fantastic**
[fæn'tæstɪk]
adj 極好的；
難以置信的

★ What a **fantastic** idea!
這個主意真棒。

## 實力養成

**fasten**
['fæsn̩]
v 紮牢；扣緊

★ Passengers are told to **fasten** their seat belts when taking off.
起飛時乘客被告知要繫好安全帶。

**fate**
[fet]
v 命定；n 命運

★ Many people believe in **fate**.
不少人相信命運。

**favorite**
['fevərɪt]
adj 特別喜愛的

★ What is your **favorite** season?
你最喜歡的季節是什麼？

**female**
['fimel]
n 女人；adj 女性的

★ There are no **female** employees in our company's board of R&D.
我們公司的產品研發部沒有女職員。

**fever**
['fivɚ]
n 發燒；狂熱

★ I had a **fever** yesterday, so I didn't go to work.
昨天我發燒了，所以沒有去上班。

**field**
[fild]
n 領域；田地

★ Miss Chen is very successful in the **field** of dance.
陳小姐在跳舞方面很有成就。

★ Children are running and singing on the grass **field**.
孩子們在草地上又跑又唱。

**fight**
[faɪt]
v 打仗；反對；n 戰鬥

★ We must **fight** against anger and fear.
我們必須與憤怒和恐懼作戰。

★ The couple got into a **fight** over some trifling things.
這對夫妻因為一點小事吵了起來。

**fill**
[fɪl]
v 填滿；使充滿

★ The cabinet is **filled** with documents which are out of date.
這個櫥櫃裡裝滿了過時的檔案。

片語加油站

**be filled with** 充滿

The warehouse **is filled with** products.
倉庫裡都是商品。

**fill in** 填寫；填充

Each of you will get a form to be **filled in**.
你們每個人都會拿到一張要填寫的表格。

**fill in for** 代替

Nobody can **fill in for** the mother to take care of the child.
沒有人能代替媽媽來照顧孩子。

**filthy**
['fɪlθɪ]
adj 骯髒的；卑劣下流的

★ It is not right to attack others with **filthy** words.
用髒話攻擊別人是不對的。

**finally**
['faɪnḷɪ]
adv 最後；終於

★ After raining for a long time, the sky **finally** cleared up.
雨下了很長時間後，天終於放晴了。

**find**
[faɪnd]
v 找到；發現

★ He is quite confident that he will **find** a job before graduation.
他有信心能在他畢業之前找到工作。

片語加油站

**find out** 找出；查明；發現

The policemen are preparing to take action to **find out** the truth.
員警正準備採取行動查明真相。

## 實力養成



**finger**
['fɪŋgɚ]
n 手指

★ Her tooth was aching, and her burnt **fingers** were hurting, too.
她牙疼，而且燙傷的手指也作痛。

**finish**
['fɪnɪʃ]
v 結束；終止；n 結束

★ She doesn't have to **finish** the work tonight.
她不是非得在今晚完成工作。

★ There isn't much time left for me to **finish** my work.
我已經沒有多少時間來完成工作了。

**firework**
['faɪr'wɝk]
n 煙火

★ Boys like to play with **fireworks** on Spring Festival.
男孩子喜歡在春節玩煙火。

**firmly**
['fɝmlɪ]
adv 堅固地；堅定地

★ I **firmly** believe that as long as he is here, we will be safe.
我堅信只要他在這裡，我們就是安全的。

**first**
[fɝst]
n 第一名；adj 第一的；最早的；adv 首先；第一

★ This is my **first** time making burgers.
這是我第一次做漢堡。

★ I always remember the day when I **first** came to this school.
我永遠記得我第一次來到這間學校的那一天。

**firstly**
['fɝstlɪ]
adv 第一；首先

★ **Firstly**, let us discuss the problem.
首先，讓我們討論這個問題。

**fix**
[fɪks]
v 使固定；修理；注視

★ The room is too old to **fix**.
這個房間太舊了，很難整修。

**fit**
[fɪt]
v 使適合；n 適合；合身；adj 適合的；健康的

★ Can you **fit** in at the new environment here?
你能適應這裡的新環境嗎？

★ You'll look very beautiful with this **fitted** dress on.
你穿上這件合身的洋裝看起來會很漂亮。

**flavor**
['flevɚ]
n 味道；風味

★ Italian restaurants have their own unique **flavor**.
義大利餐館有他們獨特的風味。

**flexible**
['flɛksəbl̩]
adj 可彎曲的；靈活的

★ Strategies are **flexible**.
戰略很靈活。

**flood**
[flʌd]
v 淹沒；使氾濫；n 水災

★ The Yellow River **flooded** many times in history.
黃河在歷史上多次氾濫。

**fluent**
['fluənt]
adj 流利的；流暢的

★ Allan is **fluent** in many languages.
艾倫精通許多種語言。

★ Jenny has lived in Japan for almost two years and she can speak **fluent** Japanese now.
珍妮住在日本快兩年了，現在她可以說一口流利的日語。

**fly**
[flaɪ]
v 駕駛飛機；乘飛機；飛行

★ He will **fly** to New York tomorrow.
他明天飛往紐約。

**force**
[fors]
v 強迫；n 力量；力氣

★ He was **forced** to retire.
他被迫退休。

## 實力養成

### 片語加油站

**be forced to** 被迫做⋯

Many people **are forced to** do what they don't want to do.
許多人被迫做他們不想做的事。

**labor force** 勞動力

Having a large population, the country can provide **labor force** at a very low cost.
作為一個人口眾多的國家，這個國家能提供很多廉價勞力。

**forward**
['fɔrwɚd]
v 轉交；adj 前面的；adv 向前

★ Mary **forwarded** the customer's call to her manager.
瑪麗把客戶的電話轉接給了她的經理。

★ Jill looked **forward** to receiving her friends' letter.
吉兒盼望著她朋友們的來信。

**free**
[fri]
v 解放；adj 自由的；免費的

★ The company provided us with the instrument for **free**.
公司免費提供我們器具。

**freedom**
['fridəm]
n 自由

★ People joined together to fight for **freedom**.
人民團結起來為自由戰鬥。

**frozen**
['frozn]
adj 冰凍的；結冰的

★ There is a house between the woods and the **frozen** lake.
有一棟屋子就在樹林和結凍的湖之間。

**freezing**
['frizɪŋ]
adj 凍結的；冰凍的

★ It's **freezing** outside.
外面很冷。

**fresh**
[frɛʃ]
adj 新鮮的；清新的

★ We'd better buy **fresh** vegetables.
我們最好買新鮮蔬菜。

**freshman**
['frɛʃmən]
n 大學一年級新生；新生

★ The **freshmen** are all ambitious when they first enter university.
大一新生剛進校的時候都胸懷壯志。

**frighten**
['fraɪtn̩]
v 驚恐；害怕

★ I was so **frightened** then that I forgot to dial 110.
我當時害怕到忘記打110報警。

★ When she saw a big dog, she looked **frightened**.
當她看見大狗的時候，她露出了恐懼的表情。

**fun**
[fʌn]
n 娛樂；樂趣；adj 有趣的；愉快的

★ I think singing is **fun**. What do you think of that?
我覺得唱歌很好玩，你覺得呢？

## 片語加油站

**make fun of** 取笑

Some girls in my class **made fun of** my skirt.
我們班的幾個女生取笑我的裙子。

**fun (in) doing something** 做…是愉快的

I don't think there is any **fun playing** computer games during work time.
我覺得在上班時間玩電腦遊戲並不好玩。

**funny**
['fʌnɪ]
adj 有趣的；愛開玩笑的

★ I like that guy because he is so **funny**.
我喜歡那個傢伙，因為他太幽默了。

**further**
['fɝðɚ]
adj 進一步的；adv 更遠地；進一步地

★ We will call you as soon as there is any **further** notification.
一旦有進一步的通知，我們會馬上打電話給你。

★ We should investigate this murder case **further**.
我們應該深入調查這起謀殺案。



**future**
['fjutʃɚ]
n 未來；adj 未來的；將來的

★ Parents are always deeply concerned with their children's **future**.
父母總是非常關心子女的前途。

**gamble**
['gæmbḷ]
n 賭博；打賭；v 賭博

★ Ben had **gambled** away everything he owned.
班輸光了他的所有。

**garden**
['gɑrdṇ]
n 花園；庭院

★ There should be some flowers in the **garden**.
花園裡應該有一些花。

**gate**
[get]
n 大門；出入口

★ There is a big dog at the zoo **gate**.
動物園門口有隻大狗。

**gather**
['gæðɚ]
v 收集；召集；積聚

★ He is **gathering** information for his report.
他正在為了他的報告收集資料。

**generally**
['dʒɛnərəlɪ]
adv 一般地；大體而言

★ **Generally** speaking, rice is the main food in Southern China.
一般來說，中國南方的主食是米。

**get**
[gɛt]
v 買到；獲得；捕獲；趕上

★ Money can **get** you a lot of things, but it can't get you everything.
金錢能買到很多東西，但不包括所有東西。

## 片語加油站

**get by** 通過；(勉強)過活

Her mother used to collect garbage to **get by**.
她的母親過去靠撿垃圾勉強過活。

**get up** 起床

He has to **get up** early.
他得早起。

**get off** (從…)下來；離開；逃脫懲罰

Professor Yang often **gets off** work at six o'clock.
楊教授常常六點下班。

**get along with** 有進展；相處

Jill **got along** well **with** her boyfriend.
吉兒和她的男朋友相處得很好。

**get high marks** 得高分

She is a clever student, so she **gets high marks** in exams.
她是個聰明的學生，所以在考試中都得高分。

**get involved in** 捲入…

The President **got involved in** a scandal and people who supported him decreased.
總統捲入了一個醜聞中後，支持他的人減少了。

**gift**
[gɪft]
v 賦予；n 禮品；天賦

★ She is **gifted** in playing piano.
她有彈鋼琴的天分。

★ My friends gave me many **gifts** on my birthday.
我生日的時候，我的朋友送了我很多禮物。

**give**
[gɪv]
v 給；給予；捐贈

★ Please **give** me a glass of water.
請給我一杯水。

★ The sun **gives** us light and without it we can't survive.
太陽帶給我們光芒，沒有它我們不能生存。

## 片語加油站

**give off** 放出；釋放

The factory was fined for **giving off** more pollution than allowed.
這家工廠因為排放汙染量超標而被罰款。

**give out** 分配；分發

The manager should be able to **give out** assignments accordingly.
經理應該要有能力合理地分配工作。

**give up** 放棄

In no way should we **give up** our principles.
我們絕不會放棄我們的原則。



**glance**
[glæns]
n 一瞥；掠過；
v 一瞥

★ She was not a pretty girl at first **glance**.
乍看她不是美女。

★ He **glanced** at the picture quickly, but only saw several birds in it.
他迅速地瞥了一眼圖畫，但只看見幾隻鳥在圖畫裡。

**graduate**
['grædʒuɪt, -ˌet]
v (大學)畢業；
n 畢業生

★ Bill **graduated** from MIT last summer. Now he is working in a big company.
比爾去年夏天從麻省理工畢業了，他現在在一家大公司工作。

**graduation**
[ˌgrædʒu'eʃən]
n 畢業

★ Kate kept in contact with some good friends after **graduation**.
凱特畢業後一直和幾個好朋友保持聯繫。

**groom**
[grum, -u-]
n 新郎

★ The **groom** promised to take care of his bride for the rest of his life.
新郎許下一生要照顧新娘的承諾。

**ground**
[graund]
n 地面；場所；範圍

★ Mary and her younger brother dug a hole on the **ground**.
瑪麗和她的弟弟在地面上挖了一個洞。

★ Our basketball team gained **ground** in height.
我們的籃球隊在身高上有優勢。

**grow**
[gro]
v 種植；成長；發展

★ The flowers in the flower shop are more beautiful than those **growing** in my backyard.
花店裡的花比種在我家後院的花更漂亮。



## 片語加油站

**grow on** 使越來越感興趣

His movie **grows on** youngsters because of his humor.
他的電影因為幽默越來越受青少年喜歡。

**guard**
[gɑrd]
v 保衛；守衛；
n 哨兵；守衛

★ There should be a **guard** at the gate.
大門應該有一個守衛。

★ We should **guard** against the changing weather.
我們要防範天氣的變化。

**guilty**
['gɪltɪ]
adj 有罪的

★ According to the law, he is **guilty** of driving too fast.
根據法律，他因開車太快而有罪。

**gym**
[dʒɪm]
n 體育館

★ Are you going to the **gym** to exercise?
你要去體育館運動嗎？

**habit**
['hæbɪt]
n 習慣

★ Everyone has some bad **habits**.
每個人都有一些壞習慣。

★ I have a **habit** of dozing off after lunch.
我有午飯後打個盹的習慣。

## 實力養成

**half**
[hæf]
n 一半；二分之一；adj 一半的；二分之一的

★ The last class will be over at **half** past eleven.
最後一節課將在十一點半結束。

★ Every day Jill spends **half** an hour walking to school.
每天吉兒要花半個小時走路去學校。

**hall**
[hɔl]
n 會堂；大廳

★ There is a black piano in the big concert **hall**.
那個大音樂廳裡有架黑色的鋼琴。

**ham**
[hæm]
n 火腿

★ I learned how to make **ham**, so I'd like to try someday.
我學會了怎麼做火腿，哪天想試一下。

**hamburger**
['hæmbɝgɚ]
n 漢堡牛排；漢堡牛肉餅

★ KFC is famous worldwide for its **hamburgers**.
肯德基的漢堡在全世界都有名。

**hand**
[hænd]
v 給；面交；n 手

★ Tomorrow is the last day to **hand** in your paper.
明天是交報告的最後期限。

### 片語加油站

**hand in** 交上；遞交

I forgot to **hand in** the report before the deadline.
我忘記在截止之前交報告了。

**hand out** 分發；發給

William helped his teacher **hand out** the homework.
威廉幫他的老師發作業。

**give + 某人+ a hand** 幫某人忙

May I ask Rooney to **give** me **a hand** in this big project?
我可不可以讓魯尼來幫我做這個大計畫？



**handkerchief**
['hæŋkɚtʃɪf]
n 手帕

★ Rollin likes to have a **handkerchief** handy.
蘿琳喜歡隨身帶一條手帕。

**handle**
['hændl̩]
v 處理；經營；n 把手

★ Don't worry. I can **handle** it.
不要擔心，我處理得了。

**handsome**
['hænsəm]
adj 英俊的；可觀的

★ What a **handsome** man Jack is!
傑克真是一個帥哥！

**hang**
[hæŋ]
v 把…掛起；懸掛

★ I am **hanging** this picture on the wall.
我正在把這幅畫掛在牆上。

**happen**
['hæpən]
v 發生；偶然出現

★ Oh my God! What **happened** to you?
天啊！發生了什麼事？

★ Bill wants to find someone who can tell him what **happened** last night.
比爾希望能夠找到一個可以告訴他昨晚發生了什麼事的人。

**harmony**
['hɑrmənɪ]
n 和睦；融洽

★ The two nations lived in **harmony** for many years.
這兩個國家和睦相處了很多年。

**harvest**
['hɑrvɪst]
v 收割；收穫；n 收穫

★ It is time to **harvest**.
是收成的時候了。

**hazard**
['hæzɚd]
n 危險；機會

★ Please be aware of fire **hazards**.
請注意火災。

**heat**
[hit]
v 把…加熱；變熱；n 熱

★ Tom put a pie into the microwave to **heat** it up.
湯姆把一個派放在微波爐裡加熱。

**heavy**
['hɛvɪ]
adj 重的；沉的；沉悶的

★ The box is too **heavy** for her to carry.
這個盒子對她來講太重了。

★ The **heavy** rain kept me from going shopping.
大雨讓我不能出去逛街。

**hide**
[haɪd]
v 把…藏起來；躲藏

★ He **hid** that document under his bed.
他把那份文件藏在床下。

**history**
['hɪstrɪ, 'hɪstərɪ]
n 歷史；病歷

★ Peter has been studying the **history** of Japan for two years.
彼得研究日本歷史已經兩年了。

**hit**
[hɪt]
v 打擊；擊中；n 打擊；擊中

★ Who **hit** my head? Not me.
誰打了我的頭？不是我。

★ The bus **hit** a tree and caught on fire.
公車撞到一棵樹，起火了。

**hold**
[hold]
v 舉行；拿著；保持；n 把握

★ To celebrate my birthday, I decided to **hold** a party.
為了慶祝我的生日，我決定舉行宴會。

## 片語加油站

**hold out** 維持；伸出

The village food supply can't **hold out** for long in winter.
冬天這個村子的食物維持不了多久。

**hold on** 堅持住；不掛斷(電話)；等會

**Hold on** please, I have something important to do.
請等一下，我有重要的事情要做。

**hold...back** 阻止；抑制

The heavy rain didn't **hold** our footsteps **back**.
大雨沒有延緩我們的腳步。



**holiday**
['hɑlə,de]
n 節、假日；休業日

★ The **holiday** began and there was no one left in the dormitory.
假期開始後，宿舍裡都沒人了。

**homeless**
['homlɪs]
adj 無家的；無家可歸的

★ The **homeless** children always beat each other.
這些無家可歸的孩子們經常互相打架。

**homework**
['hom,wɝk]
n 家庭作業；家裡做的工作

★ Do not bother Brook while he's busy doing his **homework**.
不要在布魯克忙著做作業的時候打擾他。

**honest**
['ɑnɪst]
adj 誠實的；正直的

★ People are quite **honest** to the priest.
人們對神父十分坦誠。

★ Ann is an **honest** person and we all trust her.
安是個誠實的人，我們都相信她。

## 實力養成

**honestly**
['ɑnɪstlɪ]
adv 誠實地；真誠地

★ We should treat our friends **honestly**.
我們必須真誠地對待我們的朋友。

**honesty**
['ɑnɪstɪ]
n 正直；誠實；坦率

★ This is one of the best examples of **honesty** that I have ever known.
這是我所見過的最誠實的例子。

**hospital**
['hɑspɪtl̩]
n 醫院

★ The **hospital** is near the flower shop.
醫院在花店附近。

★ To my knowledge, there used to be a **hospital** near the school.
據我所知，學校附近有家醫院。

**host**
[host]
v 主辦；主持

★ Jason will be **hosting** the meeting held at 3 p.m. on the 2nd floor.
傑森會在下午三點在二樓會場主持會議。

**hostess**
['hostɪs]
n 女主人；旅館老闆娘

★ My mother is the **hostess** in the red dress.
我媽媽是那個穿紅色洋裝的主持人。

**hug**
[hʌg]
n 緊抱；擁抱

★ When I got home, Tony gave me a warm **hug**.
我回到家時，東尼給了我一個溫暖的擁抱。

**humid**
['hjumɪd]
adj 潮溼的

★ It is **humid** outside on rainy days.
下雨天外面很潮溼。

**hungry**
['hʌŋgrɪ]
adj 飢餓的

★ I didn't eat enough so I felt **hungry**.
我吃不夠所以感覺很餓。

★ I felt so **hungry** when I saw the steak on the table.
當我看到桌上的牛排時，我覺得餓極了。

**hurry**
['hɝɪ]
v 使趕緊；匆忙；
n 急忙；急切

★ She's in a **hurry** to go home.
她急著回家。

片語加油站

**in a hurry** 匆忙的；急忙

Sophie left home **in a hurry** and forgot to lock the door.
蘇菲匆忙離開家，忘了鎖門。

**hurry up** 趕緊；匆忙

**Hurry up**, or we will be late for the last bus to downtown.
快一點，不然我們要錯過到市中心的末班車了。

**hurt**
[hɝt]
n 傷害；v 傷害

★ I **hurt** my left hand when I closed the door.
我關門的時候，弄傷了左手。

**ice**
[aɪs]
n 冰；霜淇淋；
adj 冰的

★ We must help Nancy. She is on thin **ice**.
我們要幫南西，她的處境如履薄冰。

★ In winter, the sale of **ice** cream is at a slump.
冬天，霜淇淋的銷售處於低潮。

**identify**
[aɪ'dɛntə,faɪ]
v 確認；(與…)
認同

★ Not everyone could **identify** with this role in the play.
不是每個人都能認同戲中的這個角色。

**identical**
[aɪ'dɛntɪkl̩]
adj 同一的；
完全相同的

★ The twins are **identical** in many aspects.
這對雙胞胎在許多地方一致。

## 實力養成



**imagine**
[ɪ'mædʒɪn]
v 想像；猜想

★ Children like to draw what they **imagine**.
小孩子喜歡畫他們想像的東西。

★ The best thing I can ever **imagine**, is to spend the rest of my time with you.
我能想像的最美好的事，就是與你共度餘生。

**impolite**
[ˌɪmpə'laɪt]
adj 無禮的

★ It is **impolite** to laugh at the blind.
嘲笑瞎子是不禮貌的。

★ It is **impolite** to speak ill of others behind their backs.
在別人背後說他們壞話是不禮貌的。

**impose**
[ɪm'poz]
v 徵(稅)；把…強加於；利用

★ The new government **imposed** a ban on the sale of historical relics and antiques.
新政府禁止銷售歷史文物。

**increase**
[ɪn'kris]
v 增大；增加；
n 增大；增加

★ The GDP of our country is gradually **increasing**.
我們國家的GDP逐漸增長。

★ Given the **increase** in cost, we decided to raise the prices.
因為成本的提高，我們決定提高售價。

**indicate**
['ɪndəˌket]
v 指示；暗示

★ What he said **indicated** his unwillingness.
他所說的表明了他的不樂意。

**indispensable**
[ˌɪndɪ'spɛnsəbl̩]
adj 必不可少的；不能撇開的

★ Carelessness is **indispensable** to doing everything.
無論做什麼都要小心。

**industry**
['ɪndəstrɪ]
n 工業；行業

★ Manufacturers in the IC **industry** made a great profit in the 1990's.
九〇年代時的積體電路製造商在當時大賺了一筆。

**influence**
['ɪnfluəns]
v 影響；n 影響

★ This movie **influenced** me deeply.
這部電影深深的影響了我。

**injure**
['ɪndʒɚ]
v 傷害；損害

★ John was badly **injured**.
約翰傷得很嚴重。

★ When he played basketball he **injured** his ankle.
他打籃球時傷了腳踝。

**inside**
[ɪn'saɪd]
n 內部；adj 裡面的；adv 在裡面；prep 在…內部

★ It is hot **inside** so you'd better take off your coat.
裡面太熱了，你最好脫掉外套。

**inspector**
[ɪn'spɛktɚ]
n 檢查員；督察員

★ The **inspectors** checked the quality of all the parts of the machine.
檢查員檢查了機器每個零件的品質。

**interest**
['ɪntərɪst, 'ɪntrɪst]
v 使發生興趣；n 興趣愛好；利益

★ All citizens should have the **interests** of their country in mind.
每一位公民都必須考慮到國家利益。

★ After visiting the museum, Jenny became **interested** in antiques.
參觀過博物館後，珍妮對文物產生了興趣。

**intern**
[ɪn'tɝn]
n 實習醫師；實習生

★ He works at the farm as an **intern**.
他在農場當實習生。

**interrupt**
[ˌɪntə'rʌpt]
v 打斷；打擾

★ Don't **interrupt** others when they are talking.
別人在說話的時候別插嘴。

## 實力養成



**interview**
['ɪntɚ,vju]
v 接見；n 接見；面試

★ Keep smiling and be yourself at the **interview,** that way, you will get the job.
面試中記得保持微笑，表現自己，這樣才會得到這份工作。

**investigate**
[ɪn'vɛstə,get]
v 調查；研究

★ The government **investigated** the cause of the financial crisis.
政府研究金融危機的原因。

**invisible**
[ɪn'vɪzəbl̩]
adj 看不見的；無形的

★ Air is **invisible**.
空氣是看不見的。

**invite**
[ɪn'vaɪt]
v 邀請；招待

★ We **invited** a famous dancer to attend our party.
我們邀請了一位著名舞蹈家參加我們的晚會。

**involve**
[ɪn'vɑlv]
v 使捲入；涉及

★ Our meeting today will **involve** many areas.
我們今天的會議會涉及很多領域。

★ Why is Mary **involved** in the political scandal?
為什麼瑪麗被捲入政治醜聞了？

**issue**
['ɪʃu]
v 發行；出版；n 問題；發行

★ The newspaper is **issued** every morning with the latest news.
報紙每天早上出版最新新聞。

★ She is busy writing a paper on the **issue** of global economic development.
她正忙於寫一篇關於全球經濟發展的論文。

**jail**
[dʒel]
n 監獄；監禁

★ She ended up in **jail**.
她最後進監獄了。

**jeans**
[dʒin]
n 牛仔褲

★ I like to wear **jeans** on weekends.
我週末喜歡穿牛仔褲。

**jeopardy**
['dʒɛpɚdɪ]
n 危險；危險境地

★ The bad weather put the whole promotion campaign in **jeopardy**.
壞天氣危及了整個推廣活動。

**jog**
[dʒɑg]
v 喚起；慢跑；n 慢跑

★ I hope what I do can **jog** your memory.
我希望我所做的能喚起你的記憶。

★ It is a good habit for you to **jog** 30 minutes every day because jogging is good for health.
每天慢跑半個小時是個好習慣，因為慢跑有助於身體健康。

**journey**
['dʒɝnɪ]
n 旅行；旅程

★ After a long **journey**, I have had it.
經過長途旅行，我受夠了。

**judge**
[dʒʌdʒ]
v 審判；判斷；n 法官

★ **Judging** from her clothes, she must be a policewoman.
從她的衣服判斷，她一定是個女警。

**jump**
[dʒʌmp]
v 跳；n 跳躍

★ Tigers **jump** high and far, and they also run fast.
老虎跳得又高又遠，跑得也很快。

★ The naughty boy **jumped** up and down on the mattress.
頑皮的男孩在床墊上跳上跳下。

**justice**
['dʒʌstɪs]
n 正義；司法

★ The policemen brought the killer to **justice**.
警察把殺人犯交付審判。

**keen**
[kin]
adj 熱心的；敏銳的；銳利的

★ The policemen were keeping a **keen** eye on the safety of the hostage.
警察密切注意著人質的安全。

## 實力養成

**keyboard**
['ki,bɔrd]
n (電腦的)鍵盤

★ **Keyboards** are the basic input device for modern computers.
鍵盤是現代電腦的基本輸入裝置。

**kind**
[kaɪnd]
adj 親切的；寬容的；n 種類

★ Mr. Jack, my teacher, is very **kind** to students.
我的老師，傑克先生對學生十分親切。

★ You can see many different **kinds** of animals at the zoo.
你可以在動物園看到各種各樣的動物。

**kindergarten**
['kɪndɚ,gɑrtn̩]
n 幼稚園

★ I sent my son to the **kindergarten** near my office.
我把兒子送到了公司附近的幼稚園。

**kindly**
['kaɪndlɪ]
adv 友好地；好心地

★ I went up to the singer; he **kindly** greeted me and gave me an autograph.
我走向那名歌手，他很友好地跟我打招呼並給我簽名。

**knife**
[naɪf]
n 刀；小刀

★ You can cut things easily with this sharp **knife**.
你可以用這把鋒利的刀輕鬆地割斷東西。

**knock**
[nɑk]
v 敲；擊；n 敲；擊

★ Someone is **knocking** on the door; it must be Jane.
有人在敲門；一定是珍。

**lack**
[læk]
v 缺少；不足；n 欠缺；沒有

★ The problem lies in **lack** of money.
問題在於缺錢。

★ Our plan was brought to a halt due to **lack** of money.
由於缺錢，我們的計畫只好停止了。

**ladder**
['lædɚ]
n 梯子；階梯

★ I got a **ladder** and put it against the wall.
我拿了個梯子然後把它靠在牆上。

**later**
['letɚ]
adj 較晚的；adv 較晚地；更晚地

★ I'll visit your factory **later** if it's convenient.
如果方便的話，我以後會來參觀貴廠。

★ Sooner or **later** Doris will believe what I said was right.
遲早朵麗絲會相信我說的是真的。

**laundry**
['lɔndrɪ, 'lɑn-]
n 送洗的衣物；洗衣店

★ Lucy's mother does the **laundry** every day.
露西的媽媽每天都洗衣服。

★ I am too busy to do the **laundry** these days.
我這幾天太忙了，以至於沒有時間洗衣服。

**last**
[læst]
adj 最後的；adv 最後地

★ Be quick! We have to catch the **last** train.
快點啊，我們要趕上最後一班火車。

★ Karl always shows up at the **last** minute.
卡爾總是最後一分鐘出現。

**lay**
[le]
v 放；鋪設；安排

★ Under the table **lay** a small dog and a fat cat.
桌子下面躺著一隻小狗和一隻肥貓。

片語加油站

**lay down** 制定；擬定

We will **lay down** the company's policy in detail at the conference.
我們將在會議上詳細制定公司的政策。

**lay off** 裁員

Because of the economy crisis, the company decided to **lay off** some of the staff.
由於經濟危機，公司決定裁掉一些員工。

**layout**
['le,aut]
n 安排；布局

★ We are discussing the **layout** of our exhibition platform.
我們正在討論我們展臺的布局。

**least**
[list]
n 最少；最小；adj 最少的；最小的；adv 最少；最小

★ There are at **least** 120 people in the waiting room.
等候室裡至少有一百二十個人。

**leave**
[liv]
v 離開；留下

★ He left without **leaving** a word.
他沒留下一句話就走了。

★ Bob came into my office when I was about to **leave**.
我打算離開的時候，鮑伯走進了我的辦公室。

**left**
[lɛft]
adj 左邊的；左派的；adv 在左邊；朝向左

★ There is a football in my **left** hand and a basketball in my right hand.
我的左手有個足球，我的右手有個籃球。

**leisure**
['liʒɚ, 'lɛʒɚ]
n 閒暇時間；adj 閒暇的

★ Ann likes to read books during her **leisure** time.
安喜歡在空閒的時候看書。

**let**
[lɛt]
v 讓；允許

★ **Let** me pay the bill.
讓我來付帳吧。

★ Jack, be a good student. Don't **let** the teachers down.
傑克，當個好學生，不要讓老師們失望。

**library**
['laɪ,brɛrɪ, -brərɪ]
n 圖書館；書庫

★ I like to read books in the **library**.
我喜歡在圖書館裡讀書。

**license**
['laɪsəns]
n 許可證；執照

★ If you want to drive a car, you have to get a driver's **license**.
如果你想開車，你就得拿到駕照才可以。

**lie**
[laɪ]
v 說謊；欺騙；躺；n 謊話

★ Tom and Jim always tell **lies**.
湯姆和吉姆總是說謊。

★ I refuse to speak with John because he **lied** to me last time.
我拒絕和約翰說話，因為上次他騙了我。

**light**
[laɪt]
v 照亮；n 光；燈

★ The car is waiting for the green **light**.
這輛車在等候綠燈。

**like**
[laɪk]
v 喜歡；想要；prep 像；與…一樣

★ Our teacher is **like** a friend to us.
我們老師像我們的朋友一樣。

★ I **like** to play badminton during my spare time.
在我空閒時間我喜歡打羽毛球。

**limit**
['lɪmɪt]
v 限制；n 極限；界限

★ Since time is **limited**, I will speak briefly.
既然時間有限，我就簡單地講。

★ We must set a **limit** to the age of people attending the match.
我們必須對參賽者的年紀加以限制。

**link**
[lɪŋk]
v 連接；聯繫；n 關係

★ The bridge **linked** the two villages together.
這座橋把兩個村子連在一起。

**list**
[lɪst]
v 列表；列舉；n 目錄

★ Can you **list** the functions of the software to be designed?
你能列舉出需要設計的軟體的功能嗎?

★ There is a **list** of things for Mrs. Li to buy in her handbag.
李太太的手提包裡有一張購物清單。

**little**
['lɪtl̩]
n 少量；adj 小的；少的；adv 少地；毫不

★ I have **little** knowledge in chemistry.
我的化學知識不是很豐富。

## 實力養成

**lively**
['laɪvlɪ]
adj 活潑的；生動的

★ In spring the leaves of the trees turn green and they look more **lively**.
春天樹木的葉子變成了綠色，看上去比較有活力。

**loan**
[lon]
n 貸款；v 借出

★ This **loan** became his bottom dollar.
這筆貸款成為了他最後的賭注。

**lobby**
['lɑbɪ]
n 大廳；會客室

★ The interviewees were kept waiting in the **lobby**.
受訪者們被留在大廳等候。

**look**
[luk]
v 看；看起來；n 看；外表

★ Dad wears a new pair of glasses today and **looks** very special.
爸爸今天戴了一副新眼鏡，看起來很特別。

### 片語加油站

**look forward to** 盼望；期待

I **look forward to** seeing you and Mike.
我很期待能見到你和麥可。

**look up** 查閱；查詢

You can **look up** words in the dictionary.
你可以在字典裡查找單字。

**look back** 回顧；回頭看

The old man likes to **look back** at his childhood.
老人喜歡回憶自己的童年。

**look like** 看起來像；長的像

It is common for a child to **look like** his or her parents.
孩子長的像他或她的父母很正常。

**look after** 照顧；注意…

People should **look after** their parents when they are old.
人們應該在父母年老的時候照顧他們。



**lose**
[luz]
v 丟失；輸掉

★ Karl **lost** the books he borrowed from his friend.
卡爾弄丟了他向朋友借的書。

★ The company is at stake; many people will **lose** their jobs.
這家公司快倒閉了，很多人會丟了工作。

**loss**
[lɔs]
n 損失；失敗

★ Money can never make up for their **loss** in the car accident.
錢永遠無法彌補他們在車禍中的損失。

**loud**
[laʊd]
adj 大聲的；喧鬧的；adv 大聲地；響亮地

★ Her phone ring is becoming **louder** and **louder**, won't she answer the call?
她的電話響得越來越大聲了，她不接電話嗎？

**luckily**
['lʌkɪlɪ]
n 幸運地

★ **Luckily**, William got on the plane on time.
幸運的是威廉準時上了飛機。

**luggage**
['lʌgɪdʒ]
n 行李

★ They went over every **luggage** for the safety of the passengers.
為了乘客的安全，他們仔細檢查每一件行李。

**lunch**
[lʌntʃ]
n 午餐；午餐食品

★ It is convenient to bring a hot dog as **lunch**.
帶個熱狗作為午飯挺方便的。

**lung**
[lʌŋ]
n 肺

★ Tom never recovered fully since his **lung** operation.
自從肺部手術後，湯姆從沒有完全康復。

**magazine**
[ˌmægə'zin]
n 雜誌

★ I usually read **magazines** in the library.
我通常在圖書館裡閱讀雜誌。

**mainly**
['menlɪ]
adv 主要地

★ The work force in KXC is **mainly** under the age of 40.
KXC大部分員工的年齡都在四十歲以下。

**mall**
[mɔl]
n 大型購物中心

★ There is a **mall** in our town square.
我們的市中心廣場有一個大型購物中心。

**manage**
['mænɪdʒ]
v 管理；處理事務

★ He **managed** to finish the work before four o'clock.
他打算在四點前完成工作。

★ Mr. Wang is a business owner; he **manages** a big company.
王先生是個老闆，他經營一家大公司。

**manager**
['mænɪdʒɚ]
n 負責人；經理

★ The **manager** was very happy with the work.
經理對於這份工作感到非常滿意。

**mango**
['mæŋgo]
n 芒果

★ The **mango** is a kind of fruit.
芒果是一種水果。

**map**
[mæp]
n 地圖

★ There should be a **map** on the wall.
牆上應該有一張地圖。

**mark**
[mark]
v 記下；打分數；
n 記號；分數

★ Miss Deng **marked** our English papers.
鄧小姐打我們英語考卷的分數。

**market**
['markɪt]
n 市場；股票市場

★ The night **market** sells small decorations and snacks.
夜市裡有賣小裝飾品和小吃。

**match**
[mætʃ]
v 使比賽；
n 比賽

★ She is not at all nervous in the **match.**
她在比賽中一點也不緊張。

★ Over fifty thousand people watched the football **match** last night.
超過五萬人看了昨天晚上的那場足球比賽。

**matter**
['mætɚ]
v 有關係；要緊；
n 事情；問題

★ Please stand up for me no **matter** what happens.
不管發生什麼事，請支持我。

★ It doesn't **matter** as long as you are satisfied with the arrangement.
只要你對安排滿意的話就沒問題。

**meal**
[mil]
n 膳食；一餐

★ I don't need 3 **meals** a day, just 2 is fine.
我不需要一天三餐，兩餐就可以了。

**medal**
['mɛdl̩]
n 獎章；勳章

★ The exceptional player got the gold **medal** in the Olympics.
這名優秀的選手在奧運會上贏得了金牌。

**meet**
[mit]
v 遇見；會見

★ I **met** a lot of children in the kindergarten.
在幼稚園裡我遇見了很多小朋友。

**member**
['mɛmbɚ]
n 成員；一部分；部門

★ I will be always a **member** of the swimming club.
我永遠是游泳俱樂部的成員。

## 實力養成



**mental**
['mɛntḷ]
adj 精神的；內心的

★ You can't overlook the **mental** power of the young lady.
這位年輕女性的精神力量不容忽視。

**message**
['mɛsɪdʒ]
n 資訊；口信

★ Instead of calling Jim, I sent him a text **message**.
我給吉姆發了簡訊，而沒打電話。

**method**
['mɛθəd]
n 方法；條理；秩序

★ They have been changing their working **methods** the whole day.
他們一整天都在改變工作方式。

**miner**
['maɪnɚ]
n 礦工

★ The **miners** can endure the hot weather.
礦工能忍受炎熱的天氣。

**minute**
['mɪnɪt]
n 分鐘；備忘錄

★ It takes 20 **minutes** from my home to the college.
從我家到大學要花二十分鐘。

★ You'd better narrow down your speech to 10 **minutes**.
你最好將演講壓縮到十分鐘。

**mission**
['mɪʃən]
n 使命

★ Congratulations, Michelle, you really finished the **mission**.
恭喜你，蜜雪兒，妳真的完成了任務。

**mistake**
[mə'stek]
v 弄錯；n 錯誤；誤會

★ I felt embarrassed when I **mistook** Lisa for Lily.
當我錯把麗莎當作莉莉時，我感到很尷尬。

★ Apart from some spelling **mistakes**, this article is very good.
這篇文章除了有幾個拼寫錯誤都很好。

**misunderstanding**
[ˌmɪsʌndɚ'stændɪŋ]
n 誤解；不和

★ Due to a **misunderstanding**, Jane waited outside the school gate for 2 hours.
因為誤會，使得珍在校門口外等了兩個小時。

**mix**
[mɪks]
v 使混和；相混合

★ Don't **mix** up the two colors.
不要把這兩種顏色搞混了。

**moment**
['momənt]
n 瞬間；時機；重要時刻

★ Lily called her friend the **moment** she got home.
莉莉一回到家裡就打電話給朋友。

★ The **moment** Carrie finished the exam, she handed it in.
凱芮一考完試就交了考卷。

**monitor**
['mɑnətɚ]
n 班長；v 監控；監聽

★ Sophie was chosen as the class **monitor**.
蘇菲被選為班長。

★ The quality of the products is **monitored** by Jack.
產品的品質由傑克監控的。

**monthly**
['mʌnθlɪ]
adj 每月的

★ The manager asks the workers to check and repair the machine on a **monthly** basis.
經理要求工人每個月都要檢修機器。

**mouth**
[mauθ]
n 嘴

★ The news of Lady Gaga coming to Japan is in everyone's **mouth**.
大家都在議論女神卡卡即將來日本的事。

**move**
[muv]
v 搬動；使感動

★ This love story **moved** a lot of people, including me.
這個愛情故事感動了許多人，也包括我。

★ Perhaps in the year to come, we will **move** to another city.
也許明年我們將搬到另一個城市。

**movement**
['muvmənt]
n 運動；行動；移動

★ The thief's **movements** were within the police's grasp.
小偷的行動在員警的掌握之中。

## 實力養成

| | |
|---|---|
| **mystical**<br>['mɪstɪkl]<br>adj 神祕的；奧祕的 | ★ The Phoenix is a Chinese **mystical** bird.<br>鳳凰是中國神話中的一種鳥。 |
| **national**<br>['næʃənl]<br>adj 國家的；國民的 | ★ What is the **national** language in Demark?<br>丹麥的國語是什麼？ |
| **natural**<br>['nætʃərəl]<br>adj 自然的；天然的 | ★ Our country lacks **natural** resources.<br>我們國家缺少自然資源。 |
| **necessary**<br>['nɛsə,sɛrɪ]<br>adj 必要的；必需的 | ★ It is **necessary** to study English every day.<br>每天唸英語是必要的。<br>★ It is **necessary** to use a heater in the bedroom.<br>在臥室裡使用暖爐是必要的。 |
| **need**<br>[nid]<br>v 需要；有…必要；n 需求；要求 | ★ You don't **need** to prepare so much food.<br>你根本不需要準備那麼多食物。<br>★ You are just the sort of expert our company **needs**.<br>你正是我們公司要的這種類型的專家。 |

### 片語加油站

**in need 需要**

It is not hard to feel for people **in need**.
對有需要的人表示同情並不難。

**in need of 需要**

The old car is **in need of** repair.
這輛舊車需要維修。

**neighbor**
['nebɚ]
v 與…為鄰；
n 鄰居

★ My **neighbor** Jimmy is such a nice boy that everyone likes him.
我的鄰居傑米是個十分可愛的男孩，人人都喜歡他。

**nephew**
['nɛfju]
n 外甥；姪兒

★ Jack is my brother's son. He is my **nephew**.
傑克是我哥哥的兒子，他是我的姪子。

**nervous**
['nɝvəs]
adj 神經的；緊張不安的

★ I am **nervous** before interviews.
面試之前我很緊張。

**news**
[njuz]
n 新聞；消息

★ Sophie was very happy to hear such good **news**.
蘇菲聽到這麼好的消息非常高興。

**nice**
[naɪs]
adj 好的；好心的

★ **Nice** to meet you.
很高興認識你。

**nominate**
['nɑmə,net]
v 任命；提名

★ Many people **nominated** Ann to run for class president.
許多人提名安競選班長。

**none**
[nʌn]
adj 一點沒有的；
pron 一點兒也沒；一個也沒

★ We need to buy some butter for there is **none** in the house.
我們需要買些奶油，家裡一點也沒有了。

## 片語加油站

**none other than** 不是別的；正是

The one outside the door is **none other than** our class monitor.
在門外的正是我們班長。

**nothing**
['nʌθɪŋ]
n 微不足道的事(人)；adv 一點也不；pron 無事(物)；沒什麼

★ Tom, keep calm. There's **nothing** to be afraid of.
湯姆，保持鎮靜。沒有什麼好怕的。

## 片語加油站

**nothing but** 只是；不過是

This kind of fish eats **nothing but** shrimps.
這種魚只吃蝦。

**have nothing to do with** 和…毫無關係

It **has nothing to do with** me.
這和我毫不相關。

**notice**
['notɪs]
v 注意；公告；n 公告

★ Lily **noticed** a thief stealing money from an old man.
莉莉注意到一個小偷正在偷老人的錢。

★ There is a **notice** on the board that says "No smoking".
告示板上有一個公告寫著：「禁煙」。

**notify**
['notə,faɪ]
v 公布；通知

★ The teacher **notified** us that there will be an exam next Monday.
老師通知我們下週一要考試。

★ We would usually write the information on the blackboard to **notify** everyone.
我們通常會把資訊寫在黑板上通知大家。

**novel**
['nɑvl̩]
n (長篇)小說

★ Besides reading **novels**, I also enjoy watching movies.
除了讀小說，我還喜歡看電影。

**number**
['nʌmbɚ]
v 編號；計入；
n 數；數量

★ The **number** of smokers is decreasing.
吸煙的人數在減少。

★ A **number** of students are studying physics.
許多學生正在念物理。

**obey**
[ə'be, o'be]
v 聽從；服從；聽話

★ Dogs always **obey** their masters.
狗總是很順從主人。

**obligate**
['ɑblə,get]
v 責任；義務

★ He doesn't have to help the poor. He is not **obligated** to do so.
他不需要幫助那些窮人，他沒有義務這樣做。

**object**
[əb'dʒɛkt, 'ɑbdʒɪkt]
v 反對；n 物體

★ They stood on their principle and **objected** our request.
他們堅持原則，反對我們的要求。

**obliged**
[ə'blaɪdʒ]
adj 感激的

★ Jim was greatly **obliged** to those who helped him when he was in trouble.
吉姆非常感激在他有困難時幫助他的人。

**observe**
[əb'zɝv]
v 遵守；觀察

★ Please keep **observing** the market.
請持續關注市場。

**occasion**
[ə'keʒən]
n 時刻；盛典

★ Please do not use your nickname in formal **occasions**.
在正式場合請勿使用暱名。

**occur**
[ə'kɝ]
v 發生；被想到

★ It **occurred** to me that I left my homework at home.
我想起來我把作業忘在家裡了。

**offer**
['ɔfɚ, 'ɑfɚ]
v 提供；提議；
n 提供；提議

★ He heated up the coffee and **offered** me a cup.
他加熱了咖啡，也給了我一杯。

**official**
[ə'fɪʃəl]
n 官員；adj 官員的

★ **Officials** in ancient times imposed heavy taxes on people.
古代的官員對百姓強制收取很重的稅。

**onto**
['ɑntu]
prep 向…之上；到…之上

★ Don't get ink **onto** your shirt.
別把墨水弄到襯衫上。

**open**
['opən, 'opn̩]
v 打開；adj 打開的

★ You can only **open** that box with this key.
你只能用這把鑰匙打開那個盒子。

★ You shouldn't leave the door **open** after experiment.
完成實驗以後你不應該讓門開著。

**opinion**
[ə'pɪnjən]
n 見解；意見

★ We often have different **opinions**.
我們常常看法不一致。

**opportunity**
[ˌɑpɚ'tjunətɪ]
n 機會；良機

★ If only I have the **opportunity** to visit France.
要是能有機會去法國旅遊多好啊。

**oppose**
[ə'poz]
v 反對；妨礙

★ Ben **opposed** to letting Jim join the game.
班反對讓吉姆參加遊戲。

★ My boss **opposed** any changes made to the plan.
我的老闆反對計畫中做的任何改變。

**ordinary**
['ɔrdn̩,ɛrɪ]
adj 普通的；平凡的

★ His handwriting is quite **ordinary**.
他的字跡相當普通平凡。

**organization**
[,ɔrgənə'zeʃən]
n 組織；機構；系統

★ We were filled with gratitude for his devotion to our **organization**.
我們對他對我們機構作出的貢獻滿懷感激之情。

**organize**
['ɔrgə,naɪz]
v 安排；組織

★ They **organized** the meeting in private.
他們祕密地組織會議。

**outdated**
[aut'detɪd]
adj 舊式的；過時的

★ Nobody dares say his opinions are **outdated**.
沒有人敢說他的觀點過時。

**outside**
['aut'saɪd]
adv 在外面；在室外

★ Let us take a walk **outside**.
讓我們到外面散散步吧。

**outstanding**
[aut'stændɪŋ]
adj 傑出的；重要的

★ I respect my grandfather very much. He is an **outstanding** professor.
我非常尊敬我的爺爺，他是一名傑出的教授。

**overall**
[,ovɚ'ɔl]
adv 大體上；總的來說

★ **Overall**, this article is good.
整體看來，這篇文章很好。

实力養成 side tab: 

| | |
|---|---|
| **overlook**<br>[ˌovɚˈluk]<br>v 眺望；忽略 | ★ Environmental protection is definitely an issue that cannot be **overlooked**.<br>環保絕對是一件不能漠視的議題。 |
| **overnight**<br>[ˈovɚˈnaɪt]<br>adj 一整夜的；<br>adv 整夜；一夜間 | ★ The war has doubled the petroleum price **overnight**.<br>戰爭使得石油價格在一夜間翻了一倍。 |
| **own**<br>[on]<br>v 擁有；adj 自己的 | ★ The private hospital is **owned** by my grandmother.<br>這家私人醫院是我奶奶的。<br>★ Lily had lived on her **own** since her parents died.<br>莉莉自從父母過世後獨立生活。 |
| **package**<br>[ˈpækɪdʒ]<br>n 包；包裹；包裝箱 | ★ I sent a **package** to you the day before yesterday. Did you receive it?<br>我前天寄了一個包裹給你。你收到了嗎？ |
| **paint**<br>[pent]<br>v 畫；油漆；n 繪畫顏料；油漆 | ★ In this area, post offices are all **painted** green.<br>在這個地區，郵局都是綠色的。 |
| **pair**<br>[pɛr]<br>n 一雙；一對 | ★ I need a new **pair** of pants.<br>我需要一條新褲子。<br>★ Tom wants to buy a new **pair** of shoes.<br>湯姆想買一雙新鞋。 |
| **pale**<br>[pel]<br>adj 蒼白的；灰白的 | ★ What happened to you? You look **pale**.<br>出了什麼事？你臉色很蒼白。 |

**part**
[pɑrt]
v 使分開；告別；n 角色；等分之一

★ Holly **parted** with her friends at the school gate.
荷莉在學校門口和朋友分開。

**part-time**
['pɑrt,taɪm]
adj 兼職的

★ He was glad to have extra incomes from the **part-time** job.
他很高興能從兼職中得到額外的收入。

**pass**
[pæs]
v 經過；通過；n 穿過

★ If you want to **pass** the exam, you have to study hard.
如果你想通過考試，你就得用功唸書。

## 片語加油站

**pass out** 失去知覺；昏倒

Karl **passed out** upon hearing the bad news.
卡爾一聽到這個壞消息立刻昏倒了。

**pass away** 去世；逝世

His mother **passed away** two years ago due to cancer.
他的母親因為癌症兩年前去世了。

**pass the entrance exam** 通過入學考試

Luckily, she **passed the entrance exam**.
幸運的是，她通過了入學考試。

**passion**
['pæʃən]
n 激情；熱情

★ He is full of **passion** so I like to work with him.
他充滿熱情，所以我喜歡和他一起工作。

**passport**
['pæs,port, -,pɔrt]
n 通行證；執照

★ Don't forget to bring your **passport** when you go to the airport.
去機場的時候別忘記帶你的護照。

**paste**
[pest]
v 黏貼；張貼；
n 漿糊

★ We **pasted** these posters onto the board.
我們把這些海報貼在板子上。

**patience**
['peʃəns]
n 耐性；耐心

★ Nurses should have **patience** with their patients.
護士應當對病人有耐心。

**patient**
['peʃənt]
n 病人；adj 需要耐性的

★ As a good teacher, he or she should be **patient** with students.
身為好老師，必須耐心對待學生。

**pave**
[pev]
v 作鋪設…之用；為…作準備

★ The hard work now **paves** the way for our future.
現在的努力將成為通往未來的道路。

**payment**
['pemənt]
n 支付；付款；報償

★ That was **payment** for my work.
那是我工作的報酬。

**peace**
[pis]
n 和睦；和平；安詳

★ After the Second World War, the world was at **peace** for a long time.
在二次世界大戰後，世界和平維持了很長一段時間。

★ My neighbors and those doves live together in **peace**.
我的鄰居們與那些鴿子和睦共同生活。

**peaceful**
['pisfəl]
adj 和平的；和平時期的

★ People want to live in a **peaceful** society.
人民想生活在和平的社會中。

★ It is a common wish that the world is **peaceful**.
世界和平是大家共同的願望。

**persuade**
[pə'swed]
v 說服；勸服

★ My boss **persuaded** me out of resigning.
我老闆說服我不要辭職。

★ I tried to **persuade** him to take our advice.
我設法說服他接受我們的建議。

**phone**
[fon]
v 打電話；n 電話

★ Jim is talking to his uncle on the **phone**.
吉姆正在跟他的叔叔通電話。

**pick**
[pɪk]
v 摘；挑選；(偶然)獲得

★ My father **picked** up my friend on the way home from school.
我父親在放學回家的路上順便接我的朋友。

★ The master **picked** us up at the airport and drove us to his farm.
主人到機場來接我們並載我們到他的農場。

**picnic**
['pɪknɪk]
n 野餐；郊遊

★ We had a **picnic** in the park.
我們在公園野餐。

**place**
[ples]
v 放置；n 地方；位置

★ Don't talk so loudly in such **places** as library and museum.
不要在諸如圖書館和博物館的場所中大聲說話。

## 片語加油站

**take place** 爆發

The war **took place** at night.
戰爭在晚上爆發。

**take the place of** 代替；取代

In the future, robots will **take the place of** human labor.
在將來，機器人將會取代人工勞力。



| | |
|---|---|
| **plan**<br>[plæn]<br>v 打算；計畫；<br>n 打算；計畫 | ★ I was **planning** to attend your party next week. As it is, I may not have time.<br>我原本打算參加你下週的聚會，但看來我或許不會有時間。 |
| **plant**<br>[plænt]<br>v 栽種；n 植物 | ★ Let's **plant** some beans in the yard.<br>我們在院子裡種些豆子吧。<br>★ There used to be many different kinds of **plants** on earth.<br>地球上曾經有許多不同種類植物。 |
| **play**<br>[ple]<br>v 扮演；玩；打(球)；n 遊戲；戲劇 | ★ I have already read one of his novels as well as two of his **plays**.<br>我已經讀了他的一本小說和他的兩個劇本。 |

## 片語加油站

**play football** 踢足球

I had to finish my homework before going out to **play football**.
我必須在出去踢球前做完作業。

**play basketball** 打籃球

Tom, the tallest boy in our class, **plays basketball** very well.
我們班最高的男孩湯姆籃球打得很好。

**play...a role in...** 在…扮演…角色

A coach **plays an** important **role in** a football team.
教練在足球隊中扮演著很重要的角色。

**pleased**
[plizd]
adj 滿意的；高興的

★ I was so **pleased** that you came.
你能來我實在是太高興了。

★ He was very **pleased** to see you here.
他很高興在這裡見到你。

**plunge**
[plʌndʒ]
v 投入；跳入

★ A young man **plunged** into the river to save the boy.
一個年輕人跳入河裡救那個小男孩。

**point**
[pɔɪnt]
v 指出；n 一點；標點

★ My teacher **pointed** out some mistakes in my homework.
老師指出了我作業中的一些錯誤。

★ From my **point** of view, I support you taking this chance.
就我來說，我支持你抓住機會。

**polite**
[pə'laɪt]
adj 有禮貌的；有教養的

★ The attendants at this restaurant are warm and **polite** to customers.
這家餐廳的服務生對待顧客的態度溫和有禮。

**popular**
['pɑpjələ˞]
adj 大眾的；受歡迎的

★ Toys have been **popular** in Europe since the 1990.
自1990年以來，玩具在歐洲一直很受歡迎。

**population**
[ˌpɑpjə'leʃən]
n 人口

★ China is a country with a large **population**.
中國是一個擁有很多人口的國家。

**positive**
['pɑzətɪv]
adj 確定的；積極的

★ This kind of **positive** thinking is shown throughout his entire book.
他的整本書都充滿這種積極的思想。

**position**
[pə'zɪʃən]
n 職務；職位

★ Bob took up the **position** of class president with pride.
鮑伯很自豪的接任了班長一職。

**post**
[post]
v 郵寄；n 郵件；職位；交易所

★ Mrs. Liu went to the **post** office and mailed a book to her son.
劉太太去郵局寄一本書給她兒子。

**postcard**
['post,kɑrd]
n 郵政明信片；明信片

★ I sent many **postcards** to my friends in the USA.
我寄許多張明信片給我在美國的朋友。

**postpone**
[post'pon]
v 延遲；使延期

★ The sports meeting is **postponed**.
運動會延期了。

★ According to what he said, the conference has been **postponed** till next Thursday.
據他說，會議已延期至下星期四舉行。

**poultry**
['poltrɪ]
n 家禽；家禽肉

★ There are many kinds of **poultry** such as chicken and duck in the cage.
籠子裡有各種各樣的家禽，例如雞和鴨。

**practice**
['præktɪs]
n 實行；訓練

★ Mary **practices** playing piano every night.
瑪麗每天晚上練習鋼琴。

**precious**
['prɛʃəs]
adj 珍貴的；寶貴的

★ A man stole a **precious** necklace last night.
昨晚有人偷了一條珍貴的項鍊。

**prefer**
[prɪ'fɝ]
v 更喜歡；寧可

★ My father **prefers** going fishing.
我父親喜歡釣魚。

★ I **prefer** watching TV to playing football.
我寧願看電視也不願踢足球。

**present**
['prɛzn̩t]
adj 出席的；n 現在；禮物

★ I'm sorry I can't tell you the truth at **present**.
很抱歉現在我不能告訴你真相。

★ Peggy's mother gave her a doll as a **present**.
佩姬的媽媽給她一個玩偶當成禮物。

**president**
['prɛzədənt]
n 董事長；主席

★ He is the **president** of our English club.
他是我們英語俱樂部的主席。

**press**
[prɛs]
v 按；壓；擠向前；n 壓；按；新聞界

★ Time is limited so we must **press** on with our project.
時間有限，我們必須加緊我們的計畫了。

★ The light will be on instantly once you **press** the red button on the wall.
你一按牆上的紅色按鈕，燈就會立刻亮。

**pretend**
[prɪ'tɛnd]
v 假裝；假扮

★ She **pretended** to read books all day along.
她假裝整天都在看書。

**pride**
[praɪd]
n 自豪；v 自豪；得意

★ Bob took **pride** in his spoken English.
鮑伯以自己的英語口語能力為傲。

**primary**
['praɪ,mɛrɪ, -mərɪ]
adj 首要的；基層的

★ I started going to **primary** school in 2000.
我在2000年開始讀小學。

**principle**
['prɪnsəpl̩]
n 主義；原則

★ He is a man who always holds fast to his **principle**.
他是個總是堅持原則的人。

**prize**
[praɪz]
n 獎賞；獎品

★ He studied very hard, so he won the **prize**.
他非常用功讀書，所以贏了獎。

**professor**
[prə'fɛsɚ]
n 教授；老師

★ Both my parents are college **professors**.
我的父母都是大學教授。

**proficient**
[prə'fɪʃənt]
adj 精通的；熟練的

★ My sister is **proficient** in playing piano.
我的妹妹精通鋼琴。

**program**
['progræm]
n 節目；程式；節目單

★ There are some problems with this **program**.
這個程式有些問題。

**project**
['prɑdʒɛkt]
n 計畫

★ Peter started the **project** two months ago.
彼得兩個月前開始著手這項計畫。

**promote**
[prə'mot]
v 晉升；發揚；促進；創立

★ John got **promoted** again.
約翰又升職了。

**promotion**
[prə'moʃən]
n 晉升；促銷

★ There are very few opportunities for **promotion**.
很少有機會晉升。

**proposal**
[prə'pozl̩]
n 計畫；提議；求婚

★ Jim agreed to our **proposal** of delaying the party.
吉姆同意我們延遲聚會的建議。

**propose**
[prə'poz]
v 提出；計畫；求婚

★ During the meeting, Mary **proposed** many good ideas.
在開會的時候，瑪麗提出了很多好的想法。

**protect**
[prə'tɛkt]
v 保護；防護

★ It is our duty to **protect** the environment.
保護環境是我們的責任。

★ Sometimes animals can change their colors to **protect** themselves.
有時候動物們可以改變自己的顏色來保護自己。

**prototype**
['protə,taɪp]
n 原型；模範

★ The size of the model ship is one tenth of the **prototype**.
模型船是原型的十分之一。

**proud**
[praud]
adj 得意的；自豪的；值得誇耀的

★ He got the silver medal and we were so **proud** of him.
他得到了銀牌，我們以他為榮。

**provide**
[prə'vaɪd]
v 提供；準備

★ The raw materials were **provided** by BASF Company.
原料是由BASF公司提供的。

★ Our hospital **provides** service to more than 5,000 patients every day.
我們醫院每天服務五千多名病人。

**publisher**
['pʌblɪʃɚ]
n 出版商；出版公司

★ This book sells well so the **publisher** must be very happy.
這本書賣的很好，出版商一定很開心。

**punish**
['pʌnɪʃ]
v 處罰；懲罰

★ Ben looked for every opportunity to **punish** Ann.
班尋找所有可以懲罰安的機會。

## 實力養成

**put**
[put]
v 放到；放置；提出；移動；使度過

★ Bob, **put** on your coat, or you will catch a cold.
鮑伯，穿上外套，否則你會感冒。

### 片語加油站

**put away** 收拾

Mother asked me to **put away** the bowls before watching TV.
媽媽要我在看電視前把碗收拾好。

**put down** 放下；寫下

The moment she **put down** her bag, she started working.
她一放下包包就開始工作。

**put...into practice** 付諸實施

It took two weeks to **put** our plan **into practice**.
我們用了兩個星期實施我們的計畫。

**put into operation** 實施；使生效

The regulation will be **put into operation** in Dec.
這項規定將在十二月實施。

**be put to death** 被處死

The killer **was put to death** yesterday.
殺人犯昨天被處死了。

**qualified**
['kwɑlə,faɪd]
adj 合格的；勝任的

★ No one is **qualified** for the position except Professor Zhang.
除了張教授外沒人有資格接這個職位。

★ He is not **qualified** to be a member of our basketball team.
他不合資格入我們的籃球隊。

**question**
['kwɛstʃən]
v 訊問；詢問；
n 詢問；問題

★ Finishing the task on time is out of the **question**.
準時完成任務是不可能的了。

**questionnaire**
[ˌkwɛstʃən'ɛr]
n (意見)調查表

★ Can you fill out this **questionnaire** for us?
你能為我們填寫這張問卷嗎？

**quietly**
['kwaɪətlɪ]
adv 輕聲地

★ These cows are eating grass **quietly** on the farm.
這些母牛正在農場裡安靜的吃草。

**quit**
[kwɪt]
v 停止；退出

★ Nancy persuaded her father to **quit** smoking.
南西說服她父親戒煙。

★ What happened to him? I heard he **quitted** the job and moved to another city.
他怎麼了？我聽說他辭了工作搬去了另外一個城市。



## 片語加油站

**quit smocking** 戒煙

It's hard to persuade my father to **quit smoking**.
很難說服我父親戒煙。

**quiet**
['kwaɪət]
v 使安靜；adj 寧靜的；平靜的

★ Would you mind keeping **quiet** since the baby just fell asleep?
能安靜一點嗎？小孩子剛剛睡著。

**quite**
[kwaɪt]
adv 很；相當；完全

★ I beg your pardon? I didn't **quite** understand what you said.
對不起，您能再說一遍嗎？我沒有聽懂你的意思。

## 實力養成

**rain**
[ren]
n 雨；雨水；
v 下雨

★ The heavy **rain** made everybody wet.
大雨把每個人都淋溼了。

**rainy**
['renɪ]
adj 多雨的；下雨的

★ I can't stand this **rainy** weather.
我無法忍受這種陰雨連綿的天氣。

**raise**
[rez]
v 養…；增加；n 加薪

★ Ada took a fancy to **raising** dogs.
艾妲愛上了養狗。

**rarely**
['rɛrlɪ]
adv 極度；很少；特別嫺熟地；出色地

★ These animals are **rarely** seen here.
這些動物在這裡很少見。

**rash**
[ræʃ]
adj 草率從事的；輕率的

★ Please don't make any **rash** decisions.
不要輕率做任何決定。

**rational**
['ræʃənl̩]
adj 理性的；合理的

★ **Rational** consumers buy things only because they need them.
理性的消費者只買他們需要的東西。

**reason**
['rizn̩]
v 推理；n 推理；理由

★ Can you tell me the **reason**, John?
約翰，你可以告訴我原因嗎？

★ The **reason** why he is late for school is that he missed the early bus.
他之所以遲到是因為錯過了早班巴士。

**reasonable**
['riznəbl]
adj 明智的；合理的

★ What you did was **reasonable** to a certain extent.
你所做的在一定程度上是明智合理的。

**receive**
[rɪ'siv]
v 得到；接待；歡迎

★ Derek believes that as long as he works hard, he will **receive** a raise.
德瑞克認為只要努力工作，就會得到加薪。

**recover**
[rɪ'kʌvɚ]
v 恢復；恢復健康

★ I will **recover** from the failure soon.
我很快就會從失敗中恢復的。

★ He is **recovering** well. Don't worry.
他恢復得很好，不要擔心。

**recovery**
[rɪ'kʌvərɪ]
n 恢復；痊癒

★ God bless you. You will make a **recovery** soon.
上帝保佑你，你很快就會康復了。

**recruit**
[rɪ'krut]
v 僱用；補充；n 新手

★ This shopping mall is **recruiting** a full time salesperson.
這間購物中心在徵求全職的售貨員。

**refreshing**
[rɪ'frɛʃɪŋ]
adj 清涼的；提神的

★ It's very **refreshing** to have some soft drinks in the summer.
夏天喝點飲料很清涼。

**regain**
[rɪ'gen]
v 返回；恢復；回到

★ Jane **regained** consciousness after the operation.
珍手術後甦醒了過來。

## 實力養成

**regardless**
[rɪ'gardlɪs]
adj 不注意的；adv 不顧一切地

★ Please let me know **regardless** of whether or not you have done the work.
不管你有沒有完成工作，請讓我知道。

**reject**
[rɪ'dʒɛkt]
v 否決；駁回

★ Sunny was **rejected** by the boss because he had no work experience.
桑尼因為沒有工作經驗而被老闆拒絕了。

**rent**
[rɛnt]
v 租用；租出；n 租金

★ I **rented** a tent so we can spend a night in the forest.
我租了一個帳篷，這樣我們就可以在森林裡過夜。

★ The landlord demanded him to pay the **rent** by this Sunday.
房東要求他在這星期日之前付租金。

**repair**
[rɪ'pɛr]
v 修補；修理；n 修補；修理

★ I will have the computers **repaired** before the trip.
我會在旅行之前把電腦修好。

**repeat**
[rɪ'pit]
v 重複；重演；n 重複；重演

★ Helen promised that she would not let history **repeat** itself.
海倫保證她不會讓歷史重演。

**reputation**
[ˌrɛpjə'teʃən]
n 名譽；好名聲

★ A good **reputation** can't be bought, but it can be earned.
好名聲只能用賺的，不能用買的。

**require**
[rɪ'kwaɪr]
v 需要；要求；命令

★ At least one guarantor is **required** to apply for our credit card.
要申請我們的信用卡至少需要一個保證人。

**reservation**
[ˌrɛzɚ'veʃən]
n 預訂

★ Your **reservation** is under your name.
你的預訂票是以你的名字預訂的。

**resign**
[rɪ'zaɪn]
v 辭去；辭職

★ She decided to **resign**.
她決定辭職。

**resolution**
[ˌrɛzə'luʃən]
n 決心；解析度

★ The highest **resolution** of this scanner is 1200dpi.
這部掃描器的最大解析度是1200dpi。

**resort**
[rɪ'zɔrt]
v 求助；憑藉；n 憑藉

★ It's not wise to **resort** to violence when dealing with problems.
用武力解決問題是不明智的。

**respect**
[rɪ'spɛkt]
v 尊敬；尊重；n 尊敬；尊重

★ Tom is **respected** by everyone in the village.
湯姆受到了村裡每個人的尊重。

**result**
[rɪ'zʌlt]
v 結果；n 結果；答案

★ Tell me the **results** by 12 o'clock.
請在十二點前告訴我結果。

**retired**
[rɪ'taɪrd]
adj 退隱的；退休的

★ Mr. Chen no longer teaches English. He is now **retired**.
陳先生不再教英語了，他現在已經退休。

**return**
[rɪ'tɝn]
v 回答；歸還

★ He has just **returned** from America.
他剛從美國回來。

★ After reading the book, you must **return** it to the library.
看完書後，你必須把它還到圖書館。

**review**
[rɪ'vju]
v 評論；溫習；n 溫習；評論

★ Mr. Li asked us to **review** unit 1.
李老師要我們復習第一單元。

## 實力養成

**revolve**
[rɪ'vɑlv]
v 使旋轉；以…為中心

★ The story **revolved** around the poor life of an orphan.
這個故事是以一個孤兒的窮苦生活為主要內容。

**rid**
[rɪd]
v 使免除；使擺脫

★ You'd better get **rid** of bad friends.
你最好和那些壞朋友絕交。

### 片語加油站

**get rid of** 消滅；除掉；擺脫

Carrie **got rid of** the bad habit of biting her fingers.
凱芮改掉了咬手指的壞習慣。

**ride**
[raɪd]
v 騎(馬)；乘(車)；n 騎；搭乘

★ She doesn't know how to **ride** a horse.
她不會騎馬。

★ He is learning how to **ride** a motorcycle.
他正在學習怎樣騎摩托車。

**ridiculous**
[rɪ'dɪkjələs]
adj 滑稽的；可笑的

★ Tom looks **ridiculous** in that black hat.
湯姆戴那頂黑色帽子看起來十分滑稽。

**rim**
[rɪm]
n 邊緣

★ Judy has a white plate with a blue **rim**.
茱蒂有一個藍邊白盤子。

**ring**
[rɪŋ]
v 按鈴；n 按鈴；鈴聲

★ Just when I was leaving, the telephone **rang**.
正當我要走的時候，電話響了。

★ You should be sitting in the classroom before the bell **rings**.
在鈴聲響起之前你們就應該坐在教室裡。

**rip**
[rɪp]
v 扯；撕；裂開

★ The cover of my English book is **ripped**.
我英語書的封面破了。

**room**
[rum, rʊm]
n 房間；空間

★ Jane had her **room** painted over the day before yesterday.
珍前天把房間重新漆了一遍。

**rotten**
['rɑtn̩]
adj 腐爛的；發臭的

★ The meat must be **rotten** to have such a foul odor.
這肉一定是腐爛了才會散發出這種惡臭。

**rob**
[rɑb]
v 劫掠；搶劫

★ Two men **robbed** me of my money last night on my way home.
昨晚在我回家的路上，兩個男人搶了我的錢。

**rubbish**
['rʌbɪʃ]
n 垃圾；廢話

★ It is a crime to throw **rubbish** everywhere.
到處亂扔垃圾是一種犯罪。

**run**
[rʌn]
v 經營；管理；跑

★ John has been **running** this company for several years.
約翰經營這家公司許多年了。

★ My mother **ran** into her old classmate yesterday.
我媽媽昨天遇見了老同學。

## 片語加油站

**run errands** 跑腿

He used to **run errands** for his boss.
他過去時常為老闆跑腿。

**run over** (撞倒並)輾過

A car **ran over** Lily and sped away.
一輛車輾過莉莉後加速逃跑了。

## 實力養成

**run out** 跑出；流出

Mimi's first reaction to seeing a fire was to **run out** of the room.
咪咪看到火災的第一個反應是逃出房間。



**rush**
[rʌʃ]
v 催促；奔；n 奔；(交通)繁忙

★ Don't **rush** her, she is already doing very well.
不要催她，她已經做得很好了。

**sacrifice**
['sækrə,faɪs, -,faɪz]
v 犧牲

★ He **sacrificed** himself to protect the fortune of the whole country.
他為了保護整個國家的財產犧牲了自己。

**sale**
[sel]
n 出售；銷售額；營業

★ **Sales** are usually at their highest in spring.
通常銷售量會在春天達到最高。

### 片語加油站

**on sale** 折價；減價

I like this jacket, but I'll buy it when it's **on sale**.
我喜歡這件夾克，但是我要等到它打折的時候再來買。

**after-sale service** 售後服務

Mr. White is very satisfied with our **after-sale service**.
懷特先生對於我們的售後服務非常滿意。

**sandwich**
['sændwɪtʃ]
n 三明治

★ I will bring you a chicken **sandwich** and a glass of water.
我會帶一個雞肉三明治和一杯水給你。

**satisfied**
['sætɪs,faɪd]
adj 感到滿意的；滿足的

★ My teacher was not **satisfied** with my composition.
我老師對我的作文很不滿意。

★ I enjoy my colorful life every day and I am really **satisfied**.
我每天享受著多彩多姿的生活，我真的很滿足。



**satisfying**
['sætɪs,faɪɪŋ]
adj 滿意的

★ Every graduate hopes for a **satisfying** job with a large income.
每位畢業生希望有滿意的工作和豐厚的收入。

**save**
[sev]
v 救；儲存

★ After the poor dog was hit by a car, it was **saved** by a kind stranger.
可憐的狗被汽車撞到後，被善良的陌生人救了下來。

**saying**
['seɪŋ]
n 格言；諺語

★ There is a famous **saying**, "No pains, no gains".
有一個著名的格言：「不勞而無穫」。

**scale**
[skel]
n 大小；規模

★ 911 was a huge event in a global **scale**.
911事件是全球性的大事件。

**scarce**
[skɛrs]
adj 缺乏的

★ Now tigers are **scarce** in the area.
現在這個地區老虎已經很稀少了。

**scarf**
[skɑrf]
n 圍巾；披巾

★ She bought her mother a beautiful **scarf** on Mother's Day.
在母親節的時候她買了一條漂亮的圍巾給母親。

**scare**
[skɛr]
v 驚嚇；受驚

★ A big spider **scared** my little sister.
一隻大蜘蛛嚇壞了我的小妹妹。

**scenery**
['sinərɪ]
n 風景；景色

★ The **scenery** in Yellow Stone is very beautiful.
黃石公園的景色非常美麗。

**scholarship**
['skɑlɚ,ʃɪp]
n 獎學金

★ Have you got the **scholarship**?
你獲得獎學金了嗎？

★ Jane studied very hard in order to win the **scholarship**.
珍為了拿到獎學金而用功讀書。

**scientific**
[,saɪən'tɪfɪk]
adj 科學的；用於自然科學的

★ There are no shortcuts in **scientific** research.
科學研究沒有捷徑。

**scientist**
['saɪəntɪst]
n 科學家；自然科學家

★ He is going to visit the **scientist** next Monday.
他下週一要去拜訪那位科學家。

★ The library was built in honor of the **scientist**.
這間圖書館是為了紀念這位科學家而建。

**scissors**
['sɪzɚz]
n 剪刀

★ I need a pair of **scissors** to cut wires.
我需要一把剪刀來剪電線。

**scold**
[skold]
v 罵；責罵；n 責罵

★ I always keep silent when my mother **scolds** me.
我媽媽責備我的時候，我總是保持沉默。

**score**
[skɔr, skor]
v 記(分)；n 比數；分數

★ Frances tried his best to learn math, and **scored** high on the test.
法蘭西斯盡力去學數學，而且在考試得了高分。

**scream**
[skrim]
v 尖叫；n 尖叫

★ Cayce had a bad dream and she woke up **screaming**.
凱絲作了個惡夢，她尖叫著醒來。

**secretary**
['sɛkrə,tɛrɪ]
n 祕書

★ Tom is the **secretary** to the CEO.
湯姆是總經理的祕書。

★ How can Linda be content with being a **secretary**?
琳達怎麼會安於當個祕書呢？

**seem**
[sim]
v 看來好像；似乎；覺得似乎

★ It **seems** that parents care for their children more than children care for them.
家長對孩子的關心似乎勝過孩子對家長的關心。

**seminar**
['sɛmə,nɑr]
n 研討班；專題討論會

★ This **seminar** is focused on the environmental problems.
本次研討會的焦點是環境問題。

**senior**
['sinjɚ]
adj 年長的；年資較深的

★ My son works in that big company as a **senior** manager.
我的兒子在那家大公司裡當資深經理。

★ Calculators are a must for **senior** high school students.
對高中生來說，計算機是必要的。

**separate**
['sɛpə,ret, -pret]
v 分隔；分開；分散；adj 單獨的

★ The war **separated** the couple for 20 years.
戰爭使這對夫妻分離了二十年。

**severe**
[sə'vɪr]
adj 嚴重的；嚴峻的

★ Due to the **severe** climate in the desert, many plants died.
由於沙漠惡劣的天氣，許多植物死了。

**shape**
[ʃep]
n 外形；形狀

★ To keep in **shape**, Jim is on a diet.
為了保持苗條，吉姆正在節食。

**shark**
[ʃɑrk]
n 鯊魚；騙子

★ **Sharks** are dangerous animals in the sea.
鯊魚是海中很危險的動物。

**sharp**
[ʃɑrp]
adj 鋒利的；adv (幾點)整

★ The celebration will begin at 6 o'clock **sharp**.
慶祝會在六點整開始。

**sharpen**
['ʃɑrpən]
v 使銳利；變鋒利

★ Tom is **sharpening** his pencil with a knife.
湯姆正在用小刀削鉛筆。

**shelter**
['ʃɛltɚ]
v 遮蔽；n 庇護所

★ Linda works at the animal **shelter**.
琳達在動物收容所工作。

**shield**
[ʃild]
v 遮蔽；保護；防禦；n 防護物

★ Houses can **shield** us from the bad weather.
房子幫我們遮風擋雨。

**shoe**
[ʃu]
n 鞋

★ Could you go to the supermarket to buy a pair of **shoes** for me?
你可以去超市為我買雙鞋嗎？

**short**
[ʃɔrt]
adj 短的；矮的；不足的

★ After a **short** break, they began their discussion.
休息一會後，他們開始了討論。

**short-sighted**
['ʃɔrt'saɪtɪd]
adj 近視的

★ She doesn't have to wear glasses. She is not **short-sighted**.
她不用戴眼鏡，她沒有近視眼。

**show**
[ʃo]
v 展示；n 展示，展覽

★ There will be a great **show** tonight.
今晚將有一場精彩的演出。
These pictures will **show** you what our products look like.
這些圖片將向你們展示我們產品的外觀。

**shower**
['ʃaʊɚ]
v 淋浴；n 陣雨；淋浴

★ He takes cold **showers** even on very cold days.
他即使在非常寒冷的日子也都洗冷水澡。

**sight**
[saɪt]
n 視力；視域；眼界

★ When the kite flew out of **sight**, my sister cried.
當風箏飛到看不見時，我妹妹哭了。



## 片語加油站

**at first sight** 乍看；第一眼

Marlin fell for his girlfriend **at first sight**.
馬林對女朋友一見鐘情。

**at the sight of** 看到

He couldn't help crying **at the sight of** his mother.
看到母親的時候，他忍不住哭了。

**sign**
[saɪn]
v 簽名；n 標誌；記號

★ It has been made clear that no one is to leave this room without **signing** the paper.
事情很明朗，不在紙上簽字的人都不能離開這個房間。

**silver**
['sɪlvɚ]
n 銀；adj 銀製的；銀色的

★ Every cloud has a **silver** lining, we should never be beaten by difficulties.
每件事情都會有轉機，所以我們絕不能被困難擊倒。

**situation**
[ˌsɪtʃu'eʃən]
n 情形；情況

★ His appearance puts us in an awkward **situation**.
他的到來使我們不知所措。

**skate**
[sket]
v 滑冰；溜冰

★ I would like to roller **skate**.
我想去溜直排輪。

**skyscraper**
['skaɪˌskrepɚ]
n 摩天大樓

★ My hometown changed a lot. There are many **skyscrapers** now.
我的家鄉改變了很多，現在有很多的摩天大樓。

**slice**
[slaɪs]
n 薄片；切片

★ Cut the meat into **slices**, and fry them in the hot oil.
把肉切成薄片在熱油裡炸一下。

**slowly**
['slolɪ]
adv 慢慢地

★ All these difficult tasks are **slowly** driving me mad.
這些艱苦的工作正在逐漸把我逼瘋。

★ Please walk **slowly**, or else I can't keep up with you.
請走慢一點，否則我跟不上你了。

**smart**
[smɑrt]
adj 敏捷的；聰明的

★ Lucy is a beautiful and **smart** girl.
露西是一個又漂亮又聰明的女孩。

**smell**
[smɛl]
v 聞；嗅；
n 嗅；氣味

★ The red roses in this garden **smell** sweet and favorable.
花園裡的紅玫瑰聞起來很香且討人喜歡。

**smile**
[smaɪl]
v 微笑；n 微笑

★ I will always remember your **smile**.
我會永遠記住你的笑容。

★ The boy in red **smiled** when he saw me.
穿著紅衣服的男孩看到我笑了笑。

**smoking**
['smokɪŋ]
n 吸煙

★ **Smoking** is not good for your health. You'd better quit.
吸煙對你的健康不好，你還是戒了吧。

**soak**
[sok]
v 浸溼；滲透；n 浸

★ I would usually **soak** myself in hot springs to relax.
我通常會泡溫泉來放鬆。

**softly**
['sɔftlɪ]
adv 柔軟地；溫柔地

★ Jina's husband combed her hair **softly**.
吉娜的丈夫為她溫柔的梳頭髮。

**soldier**
['soldʒɚ]
n 士兵；軍人

★ He died in battle like other **soldiers**.
他像其他士兵一樣戰死在戰場上。

**sometimes**
['sʌm,taɪmz]
adv 有時

★ My younger sister **sometimes** goes to the movies with her boyfriend.
我的妹妹有時候會跟她的男朋友一起去看電影。

**somewhere**
['sʌm,hwɛr]
adv 在某處

★ I'm sure there is someone waiting for me **somewhere**.
我確信在某處有人在等著我。

**spare**
[spɛr]
v 節省；免除；adj 多餘的；剩下的

★ Jack made the most of his **spare** time to earn money.
傑克充分利用空閒時間賺錢。

**spelling**
['spɛlɪŋ]
n 拼法；拼寫法

★ Children all begin with learning the **spelling** of easy words.
孩子都是先學習拼寫容易的單字。

**spill**
[spɪl]
v 劈開；切開；n 裂開

★ Jim **split** up with his wife and lived alone.
吉姆和老婆分開後一個人住。

**spite**
[spaɪt]
n 不顧；不管

★ Tim persisted in going to school in **spite** of his illness.
儘管提姆病了，他還堅持上學。

**sport**
[sport, spɔrt]
n 運動

★ A **sport** Americans both enjoy watching and playing is basketball.
美國人又愛看籃球賽，又愛打籃球。

★ Swimming is such a great **sport** that many people love it.
游泳是一項如此好的運動以至於很多人喜愛它。

**spread**
[sprɛd]
v 伸開；展開；傳開；蔓延開

★ People **spread** out to find the lost boy.
人們分頭尋找走失的男孩。

**square**
[skwɛr]
n 正方形；廣場；平方

★ Millions of people gathered in the **square** to oppose the war.
數萬名民眾聚集在廣場前反對戰爭。

**stadium**
['stedɪəm]
n 運動場

★ Many people play football in the **stadium**.
很多人在運動場踢球。

**stage**
[stedʒ]
n 舞臺；階段

★ She looks like a beautiful white swan on **stage**.
她在舞臺上像一隻美麗的白天鵝。

**start**
[stɑrt]
v 開始；出發；創辦

★ The class will **start** at 8 o’clock.
這堂課將在八點開始。

**state**
[stet]
n 州；情形；
v 陳述

★ If he leaves, the whole company would be in a **state** of disorder.
如果他走了，整個公司將處於混亂狀態。

★ Would you please **state** your name and home address on the form?
你能在表格上寫上你的姓名和聯絡住址嗎？



**statue**
['stætʃu]
n 雕像

★ The artists carved the ice into **statues**.
藝術家們將冰雕刻成了雕像。

**status**
['stetəs]
n 身分；地位

★ His manner suits his **status**.
他的舉止與身分相符。

**stay**
[ste]
v 停留；逗留；留住；n 逗留

★ Andy took many pictures during his **stay** in New York.
在紐約逗留期間，安迪拍了許多照片。

片語加油站

**stay at home** 待在家裡

It's rather hot outside; it is better to **stay at home**.
戶外相當熱，待在家裡比較好。

**stay up** 不睡；熬夜

My father **stayed up** translating this book.
我父親熬夜翻譯這本書。

**steel**
[stil]
n 鋼；鋼鐵

★ Causing air pollution is a big problem of the **steel** factory.
製造空氣汙染是鋼鐵廠的一大問題。

## 實力養成

**stick**
[stɪk]
v 黏住；堅持；
n 棍；棒

★ **Stick** to your studies, son, and everything will be ok.
孩子，堅持學習，一切都會順利的。

**stock**
[stɑk]
n 庫存；股票；
adj 股票的

★ Every day the **stock** prices go up and down.
每天股價有起有落。

### 片語加油站

**in stock** 有現貨

The bread you want is **in stock**. I'll get it for you.
你要的麵包有貨，我去拿給你。

**out of stock** 缺貨

The computer I planned on buying is **out of stock** now.
我打算買的那款電腦目前缺貨。

**store**
[stor, stɔr]
v 貯藏；存儲；
n 商店

★ I used to buy breakfast from the convenience **store**.
我以前會在便利商店買早餐。

★ Straws are **stored** in the warehouse.
稻草都放在倉庫裡。

**stream**
[strim]
n 溪；溪流

★ The **stream** had been dried up for a long time.
這條小溪已經乾涸很久了。

**strict**
[strɪkt]
adj 嚴格的；
嚴厲的

★ Professor Yang was **strict** about everything.
楊教授對每件事都很嚴格。

**strike**
[straɪk]
v 打；撞擊；
n 打擊；罷工

★ She was **struck** dumb when she met him.
當她遇到他時，她說不出話來。

★ The workers in that factory went on **strike** last month.
上個月那個工廠的工人舉行了罷工。

**strive**
[straɪv]
v 努力；奮鬥

★ Freedom is what many people **strive** for all their lives.
自由是許多人畢生追求的。

**stupid**
['stjupɪd]
adj 愚蠢的；遲鈍的

★ John is too **stupid** to understand me.
約翰太笨了理解不了我的話。

**submit**
[səb'mɪt]
v 提交；服從

★ Please **submit** your thesis to me on time.
請準時交論文。

**subsidy**
['sʌbsədɪ]
n 補助金；津貼

★ The amount of **subsidy** depends on the length of service time.
補助金的多少取決於服務時間的長短。

**succeed**
[sək'sid]
v 成功；繼承

★ After all these difficulties, he **succeeded** at last.
在經歷了許多磨難之後，他終於成功了。

★ Janet **succeeded** a big fortune after her father's death.
珍妮在父親死後繼承了大筆遺產。

**success**
[sək'sɛs]
n 成功；成功的事

★ For him, it really is a big **success**.
對他來說，這確實是個大成功。

★ **Success** consists of hard work and confidence.
成功在於努力和自信。

**successful**
[sək'sɛsfəl]
adj 成功的

★ No matter how hard I work, I can't become a **successful** businessman like Alex.
無論我再怎麼努力，都無法成為像艾力克斯一樣的成功商人。

## 實力養成

**sugar**
['ʃugɚ]
n 糖

★ I don't want **sugar** in my coffee.
我的咖啡裡不要放糖。

**suit**
[sut]
v 適合於；
n 一套衣服

★ The color **suits** you very well.
這個顏色和你很配。

**suitable**
['sutəbl̩]
adj 適合的；適當的

★ Jenny is **suitable** for the job.
珍妮適合做這份工作。

**sunny**
['sʌnɪ]
adj 陽光充足的

★ It's **sunny** outside. Let's play football.
外面陽光明媚，我們去踢球吧。

**supermarket**
['supɚ,mɑrkɪt]
n 超級市場

★ The **supermarket** will open next month.
這家超市將在下個月開業。

**supper**
['sʌpɚ]
n 晚餐

★ Some food had been left as my father's **supper**.
一些食物留下來給我爸爸作晚餐。

**support**
[sə'port]
v 支持；擁護；
n 支撐

★ Most people **supported** the president.
大多數人都支持總統。

★ It is obvious that we need more investment and **support**.
很明顯的，我們需要更多的投資和支援。

**suppose**
[sə'poz]
v 假設；應該；
conj 假使

★ **Suppose** your parents know your fault, what would they say?
假設你父母知道你的過錯，他們會說什麼呢？

★ You are **supposed** to hand in your homework before Friday.
你應該要在週五前交作業。

**surprising**
[sə'praɪzɪŋ, sɚ-]
adj 令人驚訝的

★ It's so **surprising** that you've met each other before.
你們兩個以前見過真是讓人太意外了。

**survive**
[sɚ'vaɪv]
v 倖存；生還

★ Without food and water, men can't **survive**.
沒有水和食物，人們無法生存。

**suspicious**
[sə'spɪʃəs]
adj 可疑的；懷疑的

★ He looks **suspicious**. What's going on?
他看上去鬼鬼祟祟的，發生什麼事了？

**swear**
[swɛr]
v 發誓

★ He **swore** to uncover the truth and save his elder brother.
他發誓要找出真相救出哥哥。

**symbol**
['sɪmbl̩]
n 記號；象徵

★ The eagle is one of the **symbols** of the United States.
老鷹是美國的標誌之一。

**take**
[tek]
v 得到；拿走；花(時間)

★ Please **take** a phone with you so I may contact you at any moment.
請帶著電話好讓我能夠隨時聯繫到你。

## 片語加油站

**take part in** 參與…；加入…

Let's **take part in** the game.
我們來加入遊戲吧。

**take off** 脫下；起飛

The plane **takes off** in 5 minutes.
飛機在五分鐘後起飛。

實力養成

**take in** 接受；理解

It is hard to **take in** what they said.
他們說的話讓我很難接受。

**take action** 採取行動

People should **take action** to protect the environment.
人們必須採取行動保護環境。

**take up** 占據；開始從事；拿起

The piano **took up** half the room.
鋼琴占去了半個房間。

**take care of** 照顧；照料

Jim's mother asked him to **take care of** his little brother.
吉姆的媽媽要吉姆照顧他的弟弟。

**take on** 開始僱用；承擔；從事

Lily refused to **take on** the difficult task alone.
莉莉拒絕一個人接下這項困難的工作。

**take effect** 生效；起作用

This new drug **takes effect** after two hours.
這種新藥在服用後兩個小時之後開始見效。

**take a delight in** 以…為樂

Bob **took a delight in** helping others.
鮑伯以幫助別人為樂。

**talent**
['tælənt]
n 才能；人才；天賦

★ He has great **talent** in playing piano.
他在彈鋼琴方面非常有天賦。

**tall**
[tɔl]
adj 高的

★ Tom is much **taller** than Jim now.
湯姆現在比吉姆高多了。

**talk**
[tɔk]
n 談話；話題；
v 交談

★ I'd like to have a **talk** with you.
我想和你談一談。

★ Don't **talk** back to your parents.
不要和父母頂嘴。

**talkative**
['tɔkətɪv]
adj 喜歡說話的；多嘴的

★ Jim, my brother, is very **talkative**.
我的弟弟吉姆非常喜歡說話。

**task**
[tæsk]
n 任務；作業

★ Due to lack of help, she didn't finish the **task** on time.
由於沒有人幫忙，她未能準時完成任務。

**tear**
[tɪr]
v 撕；撕破

★ She **tore** her new dress and ran out crying.
她扯破了新洋裝，哭著跑了出去。

**technical**
['tɛknɪkḷ]
adj 技術的；技術上的

★ Nike is hired as an expert to help on solving this **technical** problem.
耐吉被聘請為專家來解決這個技術問題。

**temperature**
['tɛmp(ə)rətʃɚ]
n 溫度

★ Tomorrow the **temperature** will fall below zero.
明天氣溫會降至零度以下。

**tempt**
[tɛmpt]
v 誘惑；引誘

★ Satan is evil. He **tempts** people to do bad things.
撒旦是邪惡的，他誘惑人們去做壞事。

**term**
[tɝm]
n 學期；(合約)條款

★ Too many students tell me that they want to take French lessons next **term**.
很多的學生告訴我說他們下個學期想上法語課。

## 片語加油站

**come to terms** 達成協定

Karl refused to **come to terms** with his parents on this.
卡爾拒絕在這件事上向父母妥協。



| | |
|---|---|
| **thank**<br>[θæŋk]<br>v 感謝；n 感謝 | ★ The Blacks **thanked** him for giving them so much help.<br>布萊克一家感謝他的大力相助。 |
| **thankful**<br>['θæŋkfəl]<br>adj 感激的 | ★ I am so **thankful** to all of you.<br>非常感謝各位。<br>★ You should be **thankful** of Ann for helping you so much.<br>你應該感謝安幫了你這麼多。 |
| **terrible**<br>['tɛrəbl̩]<br>adj 極壞的；糟透的 | ★ I felt **terrible** after eating so many peaches.<br>吃了很多桃子後我覺得很難受。 |
| **thick**<br>[θɪk]<br>adj 厚的；粗的 | ★ The dictionary is too **thick** for me.<br>這本字典對我來說太厚了。 |
| **thought**<br>[θɔt]<br>v think的過去式和過去分詞；n 想法；思想 | ★ At first glance, I **thought** the one in red was a girl.<br>乍看，我還以為那個穿紅衣服的是女生。<br>★ He made a big influence on people's **thoughts**.<br>他對人們的思想有很大的影響。 |
| **through**<br>[θru]<br>prep 穿過；通過；adv 直達地 | ★ In the past, we went to Tokyo **through** Hong Kong.<br>過去，我們經由東京去香港。<br>★ Our taxi drove **through** the bridge in 5 minutes.<br>我們的計程車在五分鐘內穿過了大橋。 |

片語加油站

**pull through** 度過難關

Let's work together and **pull through**.
讓我們同心協力度過難關。

**put through to** 電話接通

I can't **put** you **through to** my boss because he is busy now.
我不能幫你轉接給我老闆，因為他現在很忙。

**see through** 看穿；識破

Quit acting, I can **see through** what you're thinking.
不要再裝了，我能夠看穿你在想些什麼。

| | |
|---|---|
| **tick**<br>[tɪk]<br>n 滴答聲 | ★ I was annoyed with the **ticking** of the clock.<br>鐘錶的滴答聲讓我覺得很煩。 |
| **tie**<br>[taɪ]<br>v 打結；n 帶子；鞋帶 | ★ Our lives are **tied** closely with computers nowadays.<br>現在我們的生活和電腦有密切聯繫。 |
| **time**<br>[taɪm]<br>n 時間；次數 | ★ You really ought to take some **time** off.<br>你確實應該休一休假。<br>★ After thundering several **times**, it began to rain.<br>響過幾聲雷之後，開始下雨了。 |

片語加油站

**on time** 準時

The work is too much for him to finish **on time**.
這工作量對他來講太多了，不可能按時完成。

**for the time being** 現時；當前

**For the time being**, the most important thing is to find out the truth.
眼前最重要的是查明真相。

**in ancient times** 在古代

**In ancient times**, slaves must obey their masters.
古時候奴隸必須順從主人。

**at one time** 一次；同時

I can eat two apples **at one time** at most.
我一次最多能吃兩個蘋果。

**tired**
[taɪrd]
adj 疲勞的；疲倦的；厭倦的

★ I don't have to rest. I am not **tired**.
我不必休息。我不累。

★ He looks so **tired** today because he got up at 5 a.m.
因為今天早晨五點就起床了，所以他看起來很累。

**together**
[tə'gɛðɚ]
adv 共同；一起

★ We played football **together** last weekend.
我們上週末一起踢足球。

★ Let us sing the first part of the song **together**.
讓我們一起唱歌曲的第一部分。

**tolerate**
['tɑlə,ret]
v 忍受；容忍

★ Rena cannot **tolerate** the humid weather in Taipei.
芮娜不能忍受臺北潮溼的天氣。

**ton**
[tʌn]
n 噸；大量

★ There are **tons** of mistakes in your article.
在你的文章中有一大堆的錯誤。

★ My mother wants me to do a **ton** of housework.
我媽媽要我做一大堆家事。

**tonight**
[tə'naɪt]
n 今晚；adv 今晚

★ Cathy dressed up for the party **tonight**.
凱西為了今晚的晚會精心打扮。

**tooth**
[tuθ]
n 牙齒；複數 teeth

★ It is a good habit to brush your **teeth** before sleeping.
睡覺前刷牙是很好的習慣。

**toothache**
['tuθ,ek]
n 牙痛

★ Angela has a terrible **toothache** so she wants to go see the dentist.
安琪拉的牙很痛，所以她想去看牙醫。

**totally**
['totl̩ɪ]
adv 完全地

★ It is **totally** a crazy way of studying.
這完全是一種瘋狂的學習方法。

★ I must apologize to Jane. I am **totally** wrong.
我必須向珍道歉，我完全錯了。

**touch**
[tʌtʃ]
v 接觸；觸摸；n 接觸

★ We are told not to **touch** the chemicals in the lab.
我們被告知別碰實驗室裡的化學試劑。

## 片語加油站

**get in touch with** 和…聯絡

Hold on for a moment, I'll **get in touch with** him.
稍等一下，我去聯繫他。

**keep in touch with** 保持聯繫

Do you want to **keep in touch with** me after graduation?
你想在畢業後與我保持聯繫嗎？

**lose touch with** 和…失去聯繫

He **lost touch with** his parents.
他和父母失去聯繫了。

**touched**
[tʌtʃt]
adj 被感動的

★ I was **touched** by this sad song.
我被這首憂傷的歌曲感動了。

**touching**
['tʌtʃɪŋ]
adj 動人的；使人傷感的

★ Seldom in my life have I read such a **touching** book.
我一生中很少讀到過如此感人的書籍。

**town**
[taʊn]
n 城鎮；市鎮

★ There will be altogether four big companies in the **town**.
這個城鎮總共將會有四家大公司。

**transmit**
[træns'mɪt, trænz-]
v 傳輸；傳達

★ It is horrible that SARS can be **transmitted** through the air.
SARS能在空氣中傳播太恐怖了。

**treasure**
['trɛʒɚ]
v 珍愛；n 財寶；財富

★ They've finally found the **treasure** they wanted.
他們終於找到了他們想要的寶藏。

**treat**
[trit]
v 治療；款待；對待；n 款待；對待

★ He **treated** her very well, so she fell in love with him.
他對她很好，所以她愛上了他。

★ The boss was greedy and didn't **treat** the workers well.
老闆很貪婪，對工人很不好。

**triangle**
[ˌtraɪ'æŋgl̩]
n 三角形；三人一組

★ He drew a **triangle** as the roof of the house.
他畫了一個三角形作為房子的屋頂。

**trip**
[trɪp]
n (短途)旅行；旅程

★ I felt very tired after the long **trip**.
長途旅行之後，我感覺累極了。

**trivial**
['trɪvɪəl]
adj 瑣細的；不重要的

★ Jim, be a real man. Don't cry over such a **trivial** thing.
吉姆，當個男子漢，不要為這麼點小事而哭泣。

**tropic**
['trɑpɪk]
n 回歸線；熱帶；adj 熱帶的

★ The **tropic** area is very hot, particularly in the summer.
熱帶地區很熱，尤其是夏天。

**trouble**
['trʌbl]
v 打擾；使煩惱；n 麻煩；煩惱

★ If you are in **trouble**, you can come to me for help.
如果你有麻煩，可以找我幫忙。

**truly**
['trulɪ]
adv 真實地；確實地

★ My mother is so weak these days that I **truly** worry about her.
這些天媽媽身體很不好，我真是很擔心她。

**trust**
[trʌst]
v 信任；信賴；n 信賴，信任

★ Don't **trust** strangers.
不要相信陌生人。

★ They have stopped seeing each other since William found out that she didn't **trust** him at all.
自從威廉發現那個女孩一點都不信任他之後，他們便不再交往了。

**T-shirt**
['ti'ʃɝt]
n T恤

★ He always wears his blue **T-shirt**.
他老是穿他那件藍色的T恤。

**turn**
[tɝn]
v 轉動；使變成；n 轉動；轉機

★ Evonne and Lily took **turns** taking care of the old woman.
依芳和莉莉輪流照顧那個老太太。

## 實力養成

### 片語加油站

**turn on** 打開

It is quite hot inside; please **turn on** the air conditioning.
裡面太熱了，請把空調打開。

**turn off** 關(燈)

You'd better **turn off** the lights because we are going to sleep.
你最好關燈，因為我們要睡覺了。

**turn up** 出現；到達；來到

The sun finally **turned up** after the rain had stopped.
雨停後，太陽終於出來了。

**turn down** 駁回；調低(音量)

Please **turn down** your radio; I can't sleep.
請把收音機關小一點，我睡不著。

**turn out** 生產；結果是

His choice **turned out** to be right.
最後證明他的選擇是對的。

**umbrella**
[ʌm'brɛlə]
n 傘；庇護

★ The truth is that you took his **umbrella** and never returned it to him.
事實是你拿走了他的傘並且從未歸還。

**uncomfortable**
[ʌn'kʌmfətəbl̩]
adj 不舒適的；不愉快的

★ Sometimes it is **uncomfortable** to hear formal words.
有時候聽到正式的詞彙很不舒服。

**understand**
['ʌndə,stænd]
v 懂得；理解；明白

★ I can't **understand** why Mike does not want to attend such an important meeting.
我不明白為什麼麥克不想參加這麼重要的會議。

**unemployed**
[ˌʌnɪm'plɔɪd]
adj 失業的

★ Who is responsible for the rising percentage of **unemployed** people?
誰應該為增長的失業率負責？

**uniform**
['junəˌfɔrm]
n 制服；adj 相同的；一致的

★ She looks amazing in that **uniform**.
她穿著那件制服看起來棒極了。

**unique**
[ju'nik]
adj 唯一的；獨特的

★ The prescription for this drink is very **unique**.
這種調酒的配方很獨特。

**unusually**
[ʌn'juʒuəlɪ]
adv 不平常地

★ Nobody can explain why the box is **unusually** heavy.
沒人能解釋為什麼那個盒子特別的重。

**useful**
['jusfəl]
adj 有用的；有幫助的

★ This message is **useful** for your next report.
這個消息對你下一次的報告很有用。

**vacation**
[ve'keʃən, və-]
n 假期；節日

★ Our **vacation** is from January to March.
我們的假期是從一月到三月。

**vase**
[ves]
n 花瓶

★ It was Ben who broke the **vase**, not I.
是班打碎花瓶的，不是我。

**vast**
[væst]
adj 巨大的

★ I want to ride a horse on the **vast** plain.
我想在廣闊的平原上騎馬。

**vegetarian**
[ˌvɛdʒəˈtɛrɪən]
n 素食者

★ She is a **vegetarian** so she doesn't eat meat.
她是素食者所以不吃肉。

**village**
[ˈvɪlɪdʒ]
n 村莊；鄉村

★ Several strangers came to the **village**.
村裡來了幾個陌生人。

**vinegar**
[ˈvɪnɪgɚ]
n 醋

★ For me, **vinegar** is necessary when I eat dumplings.
對我來說，吃餃子時醋是必備的。

**volleyball**
[ˈvɑlɪˈbɔl]
n 排球

★ He was not allowed to join the **volleyball** game.
他不准參加排球比賽。

**voluntarily**
[ˈvɑlənˌtɛrɪlɪ]
adv 自發地；自願地

★ Lily joined in our game **voluntarily**.
莉莉主動加入我們的遊戲。

**wallet**
[ˈwɑlɪt]
n 錢包

★ On the way home, Zoe found a **wallet**.
在回家的路上，裘依撿到了一個錢包。

**wander**
[ˈwɑndɚ]
v 漫步

★ Lily was **wandering** about on the street when I saw her.
當我看見莉莉的時候，她正在街上閒逛。

**war**
[wɔr]
v 作戰；n 戰爭

★ The two countries have been at **war** since 2011.
這兩個國家自從2011年就處於戰爭狀態。

**wear**
[wɛr]
v 穿；戴

★ She **wore** a purple dress and looked very beautiful.
她穿了一件紫色的洋裝，看起來很漂亮。

★ On Halloween, children **wear** all kinds of clothes and masks.
在萬聖節，孩子們穿各式各樣的衣服，戴各種各樣的面具。

## 片語加油站

**wear out** 穿破；穿舊；疲乏

Frank's working uniform is **worn out**.
法蘭克的工作服已經穿破了。

**wear away** 消磨；磨損

The machine is **wearing away** with each passing day.
這部機器每天都在損耗。

**weekend**
['wik'ɛnd]
n 週末

★ The **weekend** refers to Saturday and Sunday.
週末是指星期六和星期日。

**weekly**
['wiklɪ]
adj 一星期(一次)的；adv 每週一次

★ This magazine is a **weekly** issue.
這份雜誌每週出版一次。

★ Mary subscribed to Business **Weekly** to seek opportunities.
瑪麗訂閱商業週刊以找尋機會。

**weigh**
[we]
v 稱…的重量；考慮

★ The boss is walking to and fro in the office, **weighing** the deal.
老闆在辦公室踱來踱去，考慮這筆交易。

**weight**
[wet]
n 重；重物

★ Tommy is so skinny that he wants to gain some **weight**.
湯米太瘦了，以至於他想增肥。

## 片語加油站

**lose weight** 減肥

Some people try to **lose weight** whereas others try to gain weight.
有的人試圖減肥而有的人卻試圖增肥。

## 實力養成

**gain weight** 增胖

Due to lack of training, the swimmer is beginning to **gain weight**.
缺乏鍛鍊，游泳選手開始增胖。

**put on weight** 增加體重

You ate a lot recently and you are **putting on weight**.
你最近吃的很多，體重增加了。



**welcome**
['wɛlkəm]
v 歡迎；adj 受歡迎的

★ The famous writer was **welcomed** warmly by his readers.
那位著名的作家受到了讀者們的熱烈歡迎。

★ **Welcome** to the party tonight; please sign your name here.
歡迎來到今晚的派對，請在此簽名。

**wet**
[wɛt]
adj 溼的；潮溼的

★ I didn't bring an umbrella so I got **wet**.
我沒有帶傘所以被淋溼了。

**while**
[hwaɪl]
conj 當…的時候；雖然

★ Bob watched TV **while** working at the company.
鮑伯一邊在公司工作，一邊看電視。

**wholesale**
['hol,sel]
n 批發；adj 批發的

★ Retail prices are much higher than **wholesale** prices.
零售價比批發價高很多。

**willing**
['wɪlɪŋ]
adj 願意…的；自願的

★ Hundreds of students are **willing** to be volunteers.
數以百計的學生願意當志願者。

**windy**
['wɪndɪ]
adj 颳大風的；多風的

★ It's **windy** outside. Don't forget to wear thicker clothes.
外面風很大，別忘了穿厚一點的衣服。

**winter**
['wɪntɚ]
n 冬季

★ The **winter** this year is not as cold as it was last year.
今年的冬天沒有去年冷。

**without**
[wɪð'aut, wɪθ-]
prep 不；沒有

★ I can't do the work **without** your help.
沒有你的幫助我不能完成這項工作。

**wonderful**
['wʌndɚfəl]
adj 極好的；奇妙的

★ He has a **wonderful** plan.
他有個非常好的計畫。

**workbook**
['wɝk,buk]
n 練習簿；作業計畫簿

★ All the regulations have been written down in the **workbook**.
所有的規則都已經寫在這本手冊裡了。

**write**
[raɪt]
v 寫；書寫；寫信

★ I need a paper to **write** on.
我需要可以在上面寫字的紙。

★ I **wrote** a letter to my father last month.
我上個月寫了封信給我父親。

**yard**
[jɑrd]
n 碼(三英尺)；院子

★ My grandmother kept 6 hens in her small **yard**.
奶奶在她的小院子裡養了六隻母雞。

★ Mr. Green is standing 5 **yards** away from me.
格林先生站離我五碼遠。

**youth**
[juθ]
n 青年時期；青年們

★ The most enjoyable time in one's life is **youth**.
人生中最可享受的時光是青春。

★ Nowadays, hip-hop is very popular among the **youth**.
如今，嘻哈在年輕人中非常受歡迎。

# 詞類變化篇

第 3 篇

## 詞類變化

| | |
|---|---|
| **absence**<br>['æbsn̩s]<br>n 不在；缺席 | ★ Can you account for your **absence** from class yesterday? Were you ill?<br>你能解釋一下你昨天為什麼缺課？你病了嗎？ |
| **absent-minded**<br>['æbsn̩t'maɪndɪd]<br>adj 心不在焉的 | ★ The **absent-minded** professor would often lose track of his thoughts.<br>這位心不在焉的教授常常會失神。 |
| **bare**<br>[bɛr]<br>adj 勉強的；赤裸的；不加掩飾的；v 露出 | ★ To **bare** my heart, I don't think working as a salesman is applicable to you.<br>老實說，我認為你不適合做業務。 |
| **barely**<br>['bɛrlɪ]<br>adv 幾乎不 | ★ They know a lot about each other, even though they **barely** know each other's name.<br>他們很了解對方，即使他們連對方的名字都不知道。 |
| **business**<br>['bɪznɪs]<br>n 商業；交易 | ★ Mr. Chang made a **business** deal with me.<br>張先生和我訂下了一筆生意。 |
| **businessman**<br>['bɪznɪs,mæn]<br>n 商人 | ★ The **businessman** tried to persuade me into buying his inferior goods, but I declined.<br>商人試圖說服我買他的低等產品，但是我拒絕了。 |
| **civil**<br>['sɪvl̩]<br>adj 平民的；民事的 | ★ The **Civil** War began.<br>內戰爆發了。 |
| **civilization**<br>[,sɪvələ'zeʃən]<br>n 文化；文明 | ★ What do you deduce from the development of human **civilization**?<br>你從人類文明的發展中能推斷出什麼？ |
| **complicated**<br>['kɑmplə,ketɪd]<br>adj 難懂的 | ★ The reason of our failure is so **complicated** that we need to chew it out.<br>我們失敗的原因很複雜，需要我們好好的反思。 |

**complication**
[ˌkɑmpləˈkeʃən]
n 複雜化

★ The **complication** of this math problem gave me a headache.
這題複雜的數學難題讓我很頭疼。

**compared**
[kəmˈpɛr]
v 比較

★ **Compared** with adults, the kids lack of experience.
與成年人比，孩子確實缺乏閱歷。

**comparison**
[kəmˈpærɪsən]
n 比喻；比較

★ In **comparison**, this book is funny and easy to understand.
比較來說，這本書很搞笑而且容易理解。

**compose**
[kəmˈpoz]
v 創作；組成

★ This book is **composed** of six main parts.
這本書包含六大部分。

**composition**
[ˌkɑmpəˈzɪʃən]
n 作品；創作

★ Your **composition** will be better if you cross out these sentences.
如果你刪掉這些句子，你的作文會比較好。

**concern**
[kənˈsɝn]
v 關於；n 關心

★ Education reform was the primary **concern** of Bill's new policy.
教育改革是比爾新政策的首要任務。

**concerning**
[kənˈsɝnɪŋ]
prep 關於

★ If you have any problems **concerning** the project, please contact me.
如果你對這個計畫有任何疑問，請聯繫我。

**consist**
[kənˈsɪst]
v 在於；組成

★ The multinational company **consists** of 300 sub-institutes all over the world.
這家跨國公司由全世界三百家下屬機構組成。

**consistent**
[kənˈsɪstənt]
adj 一致的；符合的

★ To pursue truth, our remarks must be **consistent** with facts.
要得到真理，我們的言行必須符合事實。

## 詞類變化

| | |
|---|---|
| **construct**<br>[kən'strʌkt]<br>v 建造 | ★ The workers have been **constructing** a twenty-story building since last September.<br>自從去年九月開始，工人們一直在建造這棟二十層的大樓。 |
| **construction**<br>[kən'strʌkʃən]<br>n 建造物；建造；結構 | ★ By this time next month, the **construction** of the bridge will have been finished.<br>下個月這個時候，橋就已經被建好了。 |
| **contribute**<br>[kən'trɪbjut]<br>v 投稿；捐款 | ★ Monica used to **contribute** articles to the magazine, so she was very popular with readers.<br>莫妮卡過去常常為雜誌社撰寫文章，所以很受讀者的歡迎。 |
| **contribution**<br>[ˌkantrə'bjuʃən]<br>n 捐款；貢獻；稿件 | ★ George was admired for his great **contributions** to the company.<br>喬治因他對公司的傑出貢獻而被景仰。 |
| **despair**<br>[dɪ'spɛr]<br>n 絕望 | ★ She was in a complete **despair** when she was fired.<br>當她被解僱時，她陷入了完全的絕望之中。 |
| **desperate**<br>['dɛspərɪt]<br>adj 絕望的 | ★ After looking for a job for such a long time, he felt **desperate** and sad.<br>找工作找了那麼久，他感到又絕望又難過。 |
| **economic**<br>[ˌikə'namɪk]<br>adj 經濟學的；經濟的 | ★ Cathy proposed option A because it seems more **economic**.<br>凱西建議A選項，因為A看起來更經濟。 |
| **economics**<br>[ˌikə'namɪks]<br>n 經濟學 | ★ The student is a talented learner of **economics**.<br>這個學生學習經濟學很有天賦。 |
| **economy**<br>[ɪ'kanəmɪ]<br>n 經濟 | ★ The stock market is a direct reflection of **economy**.<br>股票市場是經濟的直接反映。 |

**ease**
[iz]
v 減輕；n 舒適

★ Alice's mother can deal with emergencies with **ease**.
愛麗絲的媽媽能夠輕鬆地處理緊急事件。

**easily**
['izlɪ]
adv 不費力地；容易地

★ The things that **easily** come by also easily go.
容易得到的東西也容易失去。

**environment**
[ɪn'vaɪrənmənt]
n 環境

★ We must protect the **environment**.
我們必須保護環境。

**environmental**
[ɪn,vaɪrən'mɛntl]
adj 環境的；周圍的

★ Everyone should take part in **environmental** protecting activities.
每個人都應該參加環保活動。

**employee**
[ɪm'plɔɪi,,ɛmplɔɪ'i]
n 雇員；雇工

★ Every **employee** here must come to work before ten o'clock in the morning.
這裡的每個員工都必須在上午十點前來上班。

**employment**
[ɪm'plɔɪmənt]
n 雇傭

★ Urbanization brings **employment** pressure.
城市化帶來了就業壓力。

**explode**
[ɪk'splod]
v 使爆炸；爆發

★ They dropped down to take cover when the bomb **exploded**.
當炸彈爆炸時，他們臥倒隱蔽起來。

**explosion**
[ɪk'sploʒən]
n 爆發；擴大；爆炸

★ After the **explosion**, many people were injured.
爆炸之後，許多人都受傷了。

## 詞類變化

**explore**
[ɪk'splor]
v 仔細查閱；探勘

★ They **explored** a new ingredient which departed from the old one.
他們研製出一種新的成分，與舊成分不一樣。

**impress**
[ɪm'prɛs]
v 給…以深刻的印象

★ The advertisement of Nike **impressed** me deeply.
Nike的廣告讓我印象深刻。

**impression**
[ɪm'prɛʃən]
n 印象；感覺

★ By talking respectfully, you will leave good **impressions** about yourself.
謙恭的說話，你會給別人留下一個好印象。

**impressive**
[ɪm'prɛsɪv]
adj 給人印象深刻的

★ I will never forget my experience in Canada because it was so **impressive**.
我不會忘記我在加拿大的經歷，因為那實在是令人印象深刻。

**inform**
[ɪn'fɔrm]
v 告發；通知

★ You ought to have **informed** us of the cancellation of the meeting.
你本應該通知我們會議取消了。

**information**
[ˌɪnfɚ'meʃən]
n 資訊；消息

★ Further **information** on our products is available on your request.
如果您需要的話，我們可以給您提供關於我們產品進一步的資訊。

**normal**
['nɔrml̩]
adj 標準的；正常的

★ The situation is not **normal** right now.
現在情況不正常。

**normally**
['nɔrml̩ɪ]
adv 按慣例；正常地

★ He was behaving **normally**.
他舉止如常。

**abnormal**
[æb'nɔrml̩]
adj 反常的

★ It's very **abnormal** that he can't sleep unless he drinks some black coffee.
他要喝過黑咖啡才能睡得著覺，這樣很不正常。

**obvious**
['ɑbvɪəs]
adj 明顯的

★ It is **obvious** that he fell in love with her when they first met.
很明顯，在他們初次相見的時候，他就愛上她了。

**obviously**
['ɑbvɪəslɪ]
adv 顯然地

★ It is **obviously** too hot to go camping.
天氣太熱顯然沒法野餐。

**prepare**
[prɪ'pɛr]
v 準備

★ I have all my answers **prepared** well before they catch me out.
在他們挑我毛病之前，我把所有的回答都準備好了。

**preparation**
[ˌprɛpə'reʃən]
n 準備；預習

★ After a one-year **preparation**, the museum opened to the public.
在一年的準備之後，博物館對外開放了。

**relation**
[rɪ'leʃən]
n 關係

★ Your slowness has deeply damaged the **relation** of our cooperation.
你辦事速度的緩慢已經深深的損害了我們之間的合作關係。

**relationship**
[rɪ'leʃənˌʃɪp]
n 關係

★ This **relationship** is called the Bobole's law.
這個關係式叫做波以耳定律。

**rival**
['raɪvl̩]
n 對手；競爭者

★ Our **rival** gave in at last.
我們的對手終於認輸了。

**competitor**
[kəm'pɛtətɚ]
n 競爭者

★ Our company is planning to buy-out our **competitors**.
我們公司計畫全面收購競爭對手。

# 同義反義篇

第 4 篇

## 同義反義

| | |
|---|---|
| **chef**<br>[ʃɛf]<br>n 主廚 | ★ These **chefs** are experts at blending Eastern and Western cooking styles.<br>這些主廚對混合東西方烹飪風格很在行。 |
| **cook**<br>[kuk]<br>v 烹調；n 廚師 | ★ In addition to **cooking** meals, you also need to do the washing.<br>除了做飯，你還必須洗衣服。 |
| **cigar**<br>[sɪ'gɑr]<br>n 雪茄煙 | ★ Under the tree, there stood a man with a **cigar** in one hand.<br>樹下站了一個男人，一手拿著雪茄。 |
| **cigarette**<br>[ 'sɪgə,rɛt]<br>n 捲煙；香煙 | ★ That lady has a **cigarette** in her hand; she probably smokes.<br>那個女士手中夾了支煙；她大概吸煙。 |
| **courtesy**<br>['kɝtəsɪ]<br>n 允許；禮貌 | ★ These farming tools were lent to us by **courtesy** of the villagers.<br>這些農具都是村民們借給我們的。 |
| **respect**<br>[rɪ'spɛkt]<br>n 尊敬；v 尊敬 | ★ Lisa was both **respected** and admired by all of her colleagues.<br>麗莎受所有的同事尊敬和讚賞。 |
| **disease**<br>[dɪ'ziz]<br>n 疾病；弊端 | ★ The medical staff took steps and kept the **disease** from prevailing.<br>醫護人員採取措施以防止疾病流行。 |
| **illness**<br>['ɪlnɪs]<br>n 疾病；病 | ★ Her **illness** is bound up with her work.<br>她的疾病與她的工作有密切關係。 |
| **AIDS**<br>[edz]<br>n 愛滋病 | ★ Acquired Immune Deficiency Syndrome is a disease whose abbreviation is **AIDS**.<br>後天免疫缺乏症候群是一種疾病，簡稱愛滋病。 |

| | |
|---|---|
| **estimate**<br>['ɛstə,met]<br>v 估量；n 估計 | ★ Unfortunately, they killed an **estimated** eighty percent of native population.<br>不幸的是，他們殺死了大約80%的土著人口。 |
| **value**<br>['vælju]<br>v 估價；n 價值 | ★ Now the entertainment industry in this city **values** billions of dollars.<br>如今本城市的娛樂業價值數十億美元。 |
| **famous**<br>['feməs]<br>adj 著名的；出名的 | ★ Japan is **famous** for its marvelous animation industry.<br>日本因其優秀的動畫產業而著名。 |
| **renowned**<br>[rɪ'naund]<br>adj 有名的 | ★ As far as I know, IBM is a world-**renowned** company in the IT field.<br>據我所知，國際商業機器股份有限公司在資訊科技領域是世界聞名的企業。 |
| **pleasure**<br>['plɛʒɚ]<br>n 高興；樂趣 | ★ Novels are important because they can provide readers with both **pleasure** and knowledge.<br>小說很重要，因為它們能帶給讀者知識和愉悅的感覺。 |
| **joy**<br>[dʒɔɪ]<br>n 歡樂；樂趣 | ★ Linda gave birth to a healthy baby last month, which gave her parents much **joy**.<br>琳達上個月生了一個健康的寶寶，讓她的父母很高興。 |
| **school**<br>[skul]<br>n 學校 | ★ As a student, you must comply with **school** rules.<br>身為學生，你就必須遵守校規。 |
| **college**<br>['kalɪdʒ]<br>n 學院 | ★ After graduation, my **college** classmates often get in touch with each other.<br>畢業後，我的大學同學們經常彼此聯絡。 |
| **institute**<br>['ɪnstə,tjut]<br>n 機構；學院 | ★ A new **institution** has been set up to deal with the relief work.<br>設立了一個新的機構來處理減災工作。 |

## 同義反義

**inferior**
[ɪn'fɪrɪɚ]
adj 下級的；劣等的

★ We have to compensate for the **inferior** quality.
我們應該為劣等品質予以賠償。

**superior**
[sə'pɪrɪɚ, su-]
adj 上級的

★ The competitors were making **superior** products.
競爭對手的產品更勝一籌。

**export**
[ɪks'port, -'pɔrt]
v 輸出；出品

★ Japan **exports** many commodities abroad.
日本出口很多商品至國外。

**import**
[ɪm'port]
v 進口；輸入

★ We **import** cars from Germany.
我們從德國進口汽車。

**instruction**
[ɪn'strʌkʃən]
n 教學；用法說明

★ The **instructions** on this manual do not make sense.
這本說明書上的操作指南很不合理。

**extinction**
[ɪk'stɪŋkʃən]
n 滅絕；消滅

★ Besides animals, plants are also in danger of **extinction** these days.
現在除了動物外，植物也一樣面臨絕種的危機。

**quality**
['kwɑlətɪ]
n 品質

★ We are surprised at the high **quality** of the mobile phone.
我們都對這隻手機的高品質十分驚訝。

**quantity**
['kwɑntətɪ]
n 數量

★ There is a small **quantity** of money left on the table.
桌上只剩下少量的錢。

**young**
[jʌŋ]
adj 年輕的；初期的

★ It is important for you to learn more when you are **young**.
趁著年輕多學一點東西是很重要的。

---

**old**
[old]
adj 老的；…歲(的)

★ Lily has been working at GM since she was twenty years **old**.
莉莉從二十歲起就一直在通用工作。

# 形似篇

第 5 篇

## 形似

| | |
|---|---|
| **approach**<br>[ə'protʃ]<br>n 方法；接近；<br>v 接近 | ★ If you understand the **approach** to sales, you will find things go much easier.<br>如果你明白銷售的竅門，你會發現事情簡單了許多。 |
| **appropriate**<br>[ə'proprɪ,ɛt]<br>adj 恰當的；適當的 | ★ Casual clothes are not **appropriate** for a wedding.<br>休閒服不適合婚禮的場合。 |
| **automatic**<br>[,ɔtə'mætɪk]<br>adj 自動的 | ★ This machine is **automatic**.<br>這臺機器是自動的。 |
| **autobiography**<br>[,ɔtəbaɪ'ɑgrəfɪ]<br>n 自傳 | ★ After reading his **autobiography**, I became interested in his other stories.<br>讀了他的自傳之後，我對他的其他故事也感興趣了。 |
| **awake**<br>[ə'wek]<br>adj 醒著的；<br>v 喚醒 | ★ So excited was he that he was wide **awake** the whole night.<br>他太過興奮了，以致於一整夜都沒合眼。 |
| **await**<br>[ə'wet]<br>v 等候 | ★ Everyone is eagerly **awaiting** the release of the next Harry Potter movie.<br>大家都急切地等待下一部《哈利波特》電影的發行。 |
| **balance**<br>['bæləns]<br>n 平衡；結存 | ★ Since she ran too fast to keep **balance**, she fell down.<br>因為她跑的太快，身體失去平衡，所以跌倒了。 |
| **bald**<br>[bɔld]<br>adj 單調的；枯燥的 | ★ The 921 earthquake left many mountains **bald**.<br>921地震使得很多山變得光禿禿了。 |

**ballet**
['bæle, bæ'le]
n 芭蕾舞劇；芭蕾舞

★ Being a **ballet** teacher, my sister has strong legs.
我姊姊身為一個芭蕾舞老師，有強壯的腿。

**bang**
[bæŋ]
n 猛擊；爆炸聲；v 砰地敲

★ Firecrackers seem to be **banging** all the time.
好像有爆竹一直在劈啪響。

**bankrupt**
['bæŋkrʌpt]
adj 破產的；n 破產者

★ Because of the depression, many companies went **bankrupt**.
由於經濟不景氣，許多公司破產了。

**beneficial**
[ˌbɛnə'fɪʃəl]
adj 有利的；有益的

★ Learning English will be extremely **beneficial** for your future job prospects.
學習英語對你將來的工作前途絕對有利。

**benefit**
['bɛnəfɪt]
n 利益；v 有益於

★ We can neither give up our company's **benefit** nor betray our employees.
我們既不能放棄公司的利益，也不能出賣員工。

**breathe**
[brið]
v 呼吸；喘氣

★ Animals can't live without food to eat and air to **breathe**.
沒有食物吃或空氣呼吸的話，動物活不了。

**bribe**
[braɪb]
n 賄賂；v 行賄

★ It won't work as you want to **bribe** the officer.
你想賄賂官員，那是沒有用的。

**brilliant**
['brɪljənt]
adj 卓越的；傑出的

★ With a **brilliant** mind, Jim is cut out to be a successful businessman.
由於有著一副聰明的頭腦，吉姆生來就是個成功的生意人。

## 形似

| | |
|---|---|
| **cashier**<br>[kæ'ʃɪr]<br>n 出納 | ★ **Cashiers** deal with money day in and day out.<br>出納員整天對著錢。 |
| **cast**<br>[kæst]<br>n 投；v 脫落；投射 | ★ The police is **casting** about for new evidence.<br>警方到處尋找新證據。 |
| **chain**<br>[tʃen]<br>n 一連串；鏈 | ★ There was a man in **chains** in her dreams. How strange.<br>她夢到了一個上著鐐銬的男人，好奇怪。 |
| **challenge**<br>['tʃælɪndʒ]<br>n 挑戰；v 反對 | ★ To face the great **challenge**, we must improve the mode of management.<br>為了迎接這個巨大的挑戰，我們必須改進管理模式。 |
| **characteristic**<br>[ˌkærɪktə'rɪstɪk]<br>n 特性；adj 特有的 | ★ Laughing loudly is **characteristic** of Lisa.<br>大聲的笑是麗莎的特點。 |
| **charity**<br>['tʃærətɪ]<br>n 慈善團體；救濟金 | ★ He founded the **charity** in memory of his late wife.<br>他興辦慈善機構以紀念他已故的妻子。 |
| **colony**<br>['kɑlənɪ]<br>n 殖民地；群體 | ★ Originally, the United States was a **colony** of Great Britain.<br>原先，美國是英國的一個殖民地。 |
| **colleague**<br>['kɑlig]<br>n 同僚；同事 | ★ Bias makes David never work with women **colleagues**.<br>大衛因為偏見從不與女同事工作。 |

**comfort**
['kʌmfɚt]
n 慰藉；安慰；
v 安慰

★ I was angry at my failure until she came to **comfort** me.
要不是她來安慰我，我還會在為我的失敗而生氣。

**commitment**
[kə'mɪtmənt]
n 責任；承諾

★ Due to her lack of **commitment**, they have been warning her about her mistakes.
由於她缺少責任感，他們一直警告她的錯誤。

**command**
[kə'mænd]
v 命令；n 命令；指揮；控制

★ General Lee was the **commanding** officer of the army.
李將軍是部隊的指揮官。

**comment**
['kɑmɛnt]
v 評論；注解；
n 評論

★ Don't make bad **comments** to the boss, he may become angry.
不要對老闆做出不好的評論，他可能會生氣。

**committee**
[kə'mɪtɪ]
n 委員會

★ We should submit our applications to the **committee**.
我們應該向委員會提交申請。

**commission**
[kə'mɪʃən]
n 佣金；v 委託；委任

★ If you want more **commission**, all you need to do is sell more products.
如果你想要更多的佣金，你需要做的只是賣更多的產品。

**complain**
[kəm'plen]
v 抱怨；控告

★ She received many presents, but she still **complained** that it was not enough.
她收到了很多禮物，但她還是抱怨說不夠。

**consider**
[kən'sɪdɚ]
v 考慮；細想

★ Many companies **consider** Christmas as the best time to sell their products.
很多公司都會把聖誕期間視為產品推銷的黃金時期。

**complicated**
[ˌkɑmplə'ketɪd]
adj 難懂的；複雜的

★ He is a **complicated** man in character.
他是一個性格複雜的人。

**competitor**
[kəm'pɛtətɚ]
n 競爭者

★ MacDad's biggest **competitor** is KXC.
MacDad最大的競爭對手是KXC。

**confidence**
['kɑnfədəns]
n 信心；信任

★ I have every **confidence** that I will do well if I am enrolled into your school.
若能被貴校錄取，我絕對有信心表現優秀。

**confront**
[kən'frʌnt]
v 勇敢地面對；迎面遇到

★ To the bank, managing risk is a problem they must be **confronted** with.
對於銀行來說，管理風險是他們必須面對的問題。

**connection**
[kə'nɛkʃən]
n 聯結；聯繫

★ His name was mentioned in **connection** with the invention.
他的名字連同這項發明一起被提及。

**confrontation**
[ˌkɑnfrən'teʃən]
n 面對面；對抗；對質

★ He had a **confrontation** with his son.
他和他的兒子發生了爭執。

**content**
['kɑntɛnt]
adj 滿意的；n 目錄；內容

★ Mark is **content** with his current salary.
馬克滿意自己目前的薪水。

**contest**
['kɑntɛst]
n 競賽；v 與…競爭

★ Tom is busy preparing for the English **contest** next week.
湯姆忙著準備下星期的英語比賽。

**contrast**
[kən'træst]
n 反差；對比

★ In **contrast** to her sister, Jane is very hardworking.
與妹妹相反，珍非常努力用功。

**comparison**
[kəm'pærɪsən]
n 比喻；比較

★ In **comparison** with the damage done by the earthquake, my personal loss is negligible.
和地震造成的破壞相比，我個人的損失實在算不了什麼。

**constitution**
[ˌkɑnstə'tjuʃən]
n 體質；組成；憲法

★ The ideas of John greatly affected the writing of the **Constitution**.
約翰的構思強烈的影響了憲法的撰寫。

**consequence**
['kɑnsəˌkwɛns]
n 結果；後果

★ No matter how many times you apologize, you still have to face the **consequences**.
無論你道歉多少次，你仍然必須面對後果。

**convince**
[kən'vɪns]
v 說服；使確信

★ Your view points in the report are **convincing**. You've done a great job.
你報告裡的觀點很有說服力，你寫得很棒。

**convenient**
[kən'vinjənt]
adj 方便的；合宜的

★ Reading English newspapers is **convenient** for learning the language.
閱讀英文報紙是一種方便的學習方法。

**crack**
[kræk]
n 破裂聲；裂縫；v 爆裂

★ The police decided to **crack** down on drug addicts and drug traffic.
警察決心打擊吸毒和毒品走私。

**craft**
[kræft]
n 船；工藝；航空器

★ Every summer, the city hosts a huge arts and **crafts** show.
每年夏天，城市都會舉辦大型藝術工藝品展。

## 形似

| | |
|---|---|
| **crash**<br>[kræʃ]<br>n 碰撞；墜毀；<br>v 撞擊 | ★ More than 100 people were killed in the air **crash** this morning.<br>超過一百人在今晨的飛機失事中喪生。 |
| **crawl**<br>[krɔl]<br>v 緩慢地行進；<br>n 爬行 | ★ Danielle saw a **crawling** crab on the sandy floor near her feet.<br>丹尼樂看到靠近她腳下的沙地上有一隻正在爬行的螃蟹。 |
| **culture**<br>['kʌltʃɚ]<br>n 文化 | ★ The American **culture** is a blend of other **cultures** with its own unique **culture**.<br>美國的文化是其他文化與美國自身獨特文化的融合。 |
| **agriculture**<br>[͵ægrɪ'kʌltʃɚ]<br>n 農業；農學 | ★ The history of **agriculture** dates back thousands of years.<br>農業的歷史追溯到數千年。 |
| **device**<br>[dɪ'vaɪs]<br>n 手段；裝置 | ★ This new type of **device** needed to be installed by the professionals.<br>這種新型的設備需要專業人員來安裝。 |
| **despite**<br>[dɪ'spaɪt]<br>prep 儘管；不管 | ★ **Despite** their similar backgrounds, Nacy was admitted to a better university than Lily.<br>雖然她們背景相似，但南西比莉莉進了一所更好的大學。 |
| **dismiss**<br>[dɪs'mɪs]<br>v 解散；駁回 | ★ The teacher's cue is the bell, at which point she **dismisses** class.<br>鈴聲響起老師就會下課。 |
| **disk**<br>[dɪsk]<br>n 唱片；圓盤；光碟 | ★ The removable hard **disk** has undergone formatting six times.<br>行動硬碟已經格式化過六次了。 |

**display**
[dɪ'sple]
v 顯示；n 顯示；陳列

★ The young boy was in a state of jubilation over the firework **display**.
年輕男孩對煙火展覽歡呼雀躍。

**disagree**
[,dɪsə'gri]
v 不同意

★ Although Peter **disagreed** with her points, he choked back his words.
雖然彼得不同意她的觀點，他還是收回了要說的話。

**distinctive**
[dɪ'stɪŋktɪv]
adj 有特色的

★ Many of America's states have their own **distinctive** culture.
許多美國的州有他們自己特有的文化。

**distance**
['dɪstəns]
n 距離；疏遠

★ Considering the long **distance** between the bus station and the school, the teacher finished the class before four o'clock.
考慮到車站和學校之間的遠距離，老師在四點前就結束了課程。

**drip**
[drɪp]
v 滴；n 滴下的液體；滴水聲

★ The **dripping** shirt hanging by the window belongs to my brother.
靠窗掛著的那件還在滴水的襯衫是我哥哥的。

**drought**
[draut]
n 乾旱

★ The fire caused by **drought** burned down the forest.
乾旱引起的火災把森林燒毀。

**election**
[ɪ'lɛkʃən]
n 選舉；當選

★ The news reads, "**Election** Reforms: A Good Start."
新聞上寫著：「選舉改革：好的開始」。

**contribution**
[,kɑntrə'bjuʃən]
n 貢獻；捐獻；投稿

★ Doctors are highly respected by the people for their **contribution**.
醫生因其所作的貢獻而備受人們尊敬。

**exercise**
['ɛksɚ,saɪz]
v 鍛鍊；練習；運動；n 鍛鍊；行動；運用

★ In spite of his old age, Gabriel was **exercising** every day.
雖然加百利年紀大了，但他還是每天運動。

**experience**
[ɪk'spɪrɪəns]
v 經歷；n 經歷；閱歷；體驗

★ Tanya, an employee at Sears, has more **experience** in sales than anyone else in town.
譚雅是希爾斯的員工，她比鎮上任何人擁有更多的銷售經驗。

**fairly**
['fɛrlɪ]
adv 公平的；相當

★ Some employees complained that the premium hadn't been dished out **fairly**.
一些職員抱怨說沒有公平分發獎金。

**fairy**
['fɛrɪ]
n 小精靈；adj 仙女的

★ It turns out to be a **fairy** tale that Jennifer could cut through the wall.
珍妮佛可以穿牆而過最後被證明是個謊言。

**file**
[faɪl]
v 把…歸檔；n 檔案

★ Kate was told not to bring the **file** out of the building.
凱特被告知不要把檔案帶離這棟建築。

**fire**
[faɪr]
v 開火；開(槍)；開除；n 火

★ The boss said that he would **fire** Jim if he keeps coming in late for work.
老闆說如果吉姆上班繼續遲到，他就會被開除。

**folk**
[fok]
n 人們；adj 民間的

★ A well-loved American **folk** hero, Paul Revere, warned the settlers that the British were coming.
一位深受美國人喜愛的民族英雄保羅瑞維爾通知定居者英國人就要來了。

**follower**
['fɑloɚ]
n 信徒；追隨者

★ The Pope blesses his **followers**.
羅馬教皇祝福其追隨者。

**forget**
[fɚ'gɛt]
v 忘記；放棄

★ Don't **forget** to call your dad on your way back home.
回家的路上別忘了打電話給你爸爸。

**forgive**
[fɚ'gɪv]
v 原諒；寬恕；豁免

★ Although he has done a lot for us, we still cannot **forgive** him.
儘管他為我們做了很多事，我們還是不能原諒他。

**idea**
[aɪ'diə]
n 主意；意見

★ I offered an **idea** to alleviate the crisis but it was not adopted.
我提出了一個緩解危機的意見，但是沒有被採納。

**ideal**
[aɪ'diəl]
adj 理想的；完美的；n 理想

★ My new office is **ideal** for me and I feel comfortable in it.
我的新辦公室很理想，在裡面我感到很舒適。

**imitate**
['ɪmə,tet]
v 模仿；仿效

★ Children don't have much difficulty **imitating** sounds.
模仿聲音對孩子們來說並不怎麼困難。

**illustrate**
['ɪləstret, ɪ'lʌstret]
v 插圖說明；闡明

★ She is not only the author of dozens of children's books, but she also **illustrates** her own stories.
她不僅是許多兒童書籍的作家，她還為自己的故事畫插圖。

**improper**
[ɪm'prɑpɚ]
adj 不合適的；不適當的

★ It is **improper** to cut in the queue when you get on a bus.
上公車時插隊是不得體的行為。

**immigrant**
['ɪməgrənt]
n 僑民；移民

★ Many **immigrants** dream of becoming American citizens.
許多移民都夢想成為美國公民。

| | |
|---|---|
| **invent**<br>[ɪn'vɛnt]<br>v 發明 | ★ Do you know who **invented** hot dogs?<br>你知道熱狗是誰發明的嗎? |
| **intend**<br>[ɪn'tɛnd]<br>v 想要；計畫 | ★ Kate **intends** to buy a car after she gets her driver's license.<br>凱特打算在取得駕照後購買一輛汽車。 |
| **laughter**<br>['læftɚ]<br>n 笑聲；笑 | ★ I couldn't help bursting into **laughter** when I saw her in such a ridiculous dress.<br>當我看到她穿著一件滑稽的衣服時，我忍不住大笑起來。 |
| **launch**<br>[lɔntʃ, lantʃ]<br>v 發射；n 發行 | ★ Word came that the missile had been successfully **launched** to the due orbit.<br>消息傳來，導彈已成功發射至預定軌道。 |
| **laundry**<br>['lɔndrɪ, 'lan-]<br>n 待洗的衣服；洗好的衣服 | ★ In addition to cooking, the maid servant was ordered to do the **laundry**.<br>除了煮飯之外，這位女僕還被命令要洗衣服。 |
| **leader**<br>['lidɚ]<br>n 領導者 | ★ The United States is the world **leader** in inventing new technology.<br>美國是發明新科技的世界領導者。 |
| **lecture**<br>['lɛktʃɚ]<br>n 演講；責備；v 演講；訓斥 | ★ The **lecture** is hard to understand, but it sounds quite interesting.<br>講座很難懂，但聽起來很有意思。 |
| **marathon**<br>['mærə,θan]<br>n 馬拉松 | ★ It makes little difference to have Alice running in the **marathon** because she is not going to win.<br>叫愛麗絲跑馬拉松沒什麼區別，因為她不會贏。 |
| **match**<br>[mætʃ]<br>n 火柴 | ★ The last **match** went out, leaving the frozen girl in darkness.<br>最後一根火柴熄滅了，凍僵了的女孩陷入了黑暗。 |

**means**
['minz]
n 手段；方法

★ May I have my money back now? By all **means**.
我可以現在就拿回我的錢嗎？當然可以。

**email**
['imel]
v 發電子郵件；
n 電子郵件

★ My computer broke down yesterday so I couldn't **email** you.
昨天我的電腦故障了，所以我沒辦法發送電子郵件給你。

**mess**
[mɛs]
n 混亂；v 弄亂

★ A cat slipped in and made a **mess** of everything in the office.
一隻貓溜了進來，把辦公室搞得一團糟。

**misery**
['mɪzərɪ]
n 苦難；不幸

★ Life has its ups and downs and each person must bear his own share of **misery**.
人生有起有落，每個人都必須承擔自己的那一份痛苦。

**mission**
['mɪʃən]
n 慈善機構；使命

★ Now that you've successfully finished all the **missions**, we'll give you a pay raise.
既然你已順利完成各項任務，我們將為你加薪。

**misleading**
[mɪs'lidɪŋ]
adj 引入歧途的；使人誤解的

★ Because of the **misleading** advertisement, Judy bought a heater which could not warm the room.
因為這則具有誤導性的廣告，茱蒂購買了一臺不能使房間暖和的電暖器。

**physical**
['fɪzɪkl̩]
adj 自然的；身體的；n 身體檢查

★ **Physical** exercise is important because it makes people strong and healthy.
鍛鍊身體很重要，因為能使人變得強壯和健康。

**chemical**
['kɛmɪkl̩]
n 化學製品；
adj 化學的

★ If the **chemical** plant is built here, the environment may be polluted.
如果化學工廠建在這裡，環境可能會被汙染。

**port**
[port]
n 避難所；港

★ The boat only calls at big **ports**.
這艘船只會在大港口停靠。

**report**
[rɪ'port]
v 報告；報導；n 報告

★ Bob's boss wants him to have the 500-page **report** done within one week.
鮑伯的老闆要他在一個星期內完成五百頁的報告。

**pound**
[paund]
v 猛擊

★ If you can hold the board at this angle, I'll try to **pound** in the nail.
如果你能在這個角度握住板子，我將盡力把釘子敲進去。

**pour**
[por]
v 傾瀉倒

★ All of a sudden, the thunder came and was followed by **pouring** rain.
突然間打起雷，緊接著下起了傾盆大雨。

**president**
['prɛzədənt]
n 總統

★ The **President** signed the treaty in behalf of the government.
總統代表政府在條約上簽字。

**present**
['prɛznṭ]
n 禮物；adj 在場的

★ Since the brothers are leaving tomorrow, I will give them their **presents** now.
既然兄弟倆明天就要離開了，我現在就把禮物送給他們。

**prevent**
[prɪ'vɛnt]
v 阻止；預防

★ Taking precautions to **prevent** accidents is very important.
意外的預防是十分重要的。

**predict**
[prɪ'dɪkt]
v 預言

★ You have to **predict** what's likely to happen before making decisions.
你必須在下決定之前預測可能發生的情況。

**project**
['pradʒɛkt]
v 規劃；n 計畫

★ Did you know that I have been working on that **project** for a week?
你知不知道我進行這個計畫已經一個星期了？

**proposal**
[prə'pozl̩]
n 計畫；提議；求婚

★ The boss crossed out several points from my **proposal** and added some new ideas.
老闆劃掉了我提案裡好幾個觀點，並補充了一些新想法。

**promote**
[prə'mot]
v 晉升；創立

★ Tony wanted to quit because he sees no chance of being **promoted**.
東尼想要辭職，因為他看不到升遷的機會。

**promise**
['pramɪs]
v 答應；允諾；n 諾言

★ Miss Zhao **promised** she would not make this kind of mistakes again.
趙小姐保證不會再犯類似的錯誤。

**rarely**
['rɛrlɪ]
adv 極度；很少

★ You can **rarely** see Bob in the office, though he always finishes his reports on time.
雖然鮑伯總是按時完成報告，但是很少能在辦公室裡看見他。

**suddenly**
['sʌdn̩lɪ]
adv 突然地；意外地

★ I have been writing my paper for two hours before my computer **suddenly** broke down.
在我的電腦突然故障之前，我已經寫了兩個小時的論文了。

**reduce**
[rɪ'djus]
v 減少；折合

★ He worked hard year round only to slightly **reduce** his debt.
他辛苦工作了一年才稍微緩解了債務。

**refuse**
[rɪ'fjuz]
v 拒絕

★ I **refuse** to give up the new project, no matter what you say.
不管你說什麼，我都拒絕放棄這項新計畫。

| | |
|---|---|
| **regulation** [ˌrɛgjə'leʃən] n 條例；規章 | ★ The factory has to comply with the government's safety **regulations**. 工廠必須遵守政府的安全法規。 |
| **research** [rɪ'sɝtʃ, 'ri-] n 調查；學術研究 | ★ America's **research** on genes is way ahead of other countries. 美國對基因學所作的研究遠遠超越其他國家。 |
| **restrain** [rɪ'stren] v 抑制；監禁 | ★ If you don't stop harassing me, I am going to file a **restraining** order. 如果你繼續騷擾我，我就去申請限制令。 |
| **restaurant** ['rɛstərənt, -'rɑnt] n 餐館；飯店 | ★ The **restaurant** manager asked the waiter to clean up the table. 餐廳經理叫服務生把桌子清理乾淨。 |
| **routine** [ru'tin] n 慣例 | ★ I feel bored at the office **routine** so I need a change. 我覺得做辦公室例行公事實在很無聊，我想要改變一下。 |
| **route** [rut, raut] n 路途；路線 | ★ This is the shortest **route** from London to Birmingham. 這是倫敦到伯明罕的最短路線。 |
| **scene** [sin] n (戲劇)一場；布景；景色 | ★ The **scene** of action for Mary's latest novel was at New York city. 瑪麗最近一部小說中的故事發生地點在紐約市。 |
| **scandal** ['skændl̩] n 醜聞；丟臉 | ★ The political figure is trying to brush aside the **scandal**. 那位政治家試圖無視這件醜聞。 |

**secret**
['sikrɪt]
n 祕密；adj 祕密的

★ Their relation is an open **secret**.
他們的關係是公開的祕密。

**secretary**
['sɛkrə,tɛrɪ]
n 祕書

★ Several weeks had passed, and Tony still couldn't become a good **secretary**.
幾週過去了，東尼仍不能成為一位好祕書。

**shortage**
['ʃɔrtɪdʒ]
n 匱乏；不足

★ They announced a **shortage** in the national energy supply.
他們宣布全國能量供應的短缺。

**shame**
[ʃem]
n 羞恥；倒楣的事

★ It is a **shame** that nowadays there are more and more students cheating on exams.
如今有越來越多的學生考試作弊，真是種恥辱。

**situation**
[,sɪtʃu'eʃən]
n 情況；形勢

★ Susan had much control over the **situation**.
蘇珊緊緊掌控著局勢。

**satisfaction**
[,sætɪs'fækʃən]
n 滿意；愉快

★ The boss is thumbing through the account book with **satisfaction**.
老闆滿意的翻著帳簿。

**statement**
['stetmənt]
n 聲明；表達；報告單

★ The **statement** is in conflict with other evidence.
此陳述與其他證據牴觸。

**statue**
['stætʃu]
n 塑像；雕像

★ The **statue** was placed here in memory of the company's founder.
雕像被擺放在這裡以紀念公司的創立者。

**steel**
[stil]
n 鋼鐵

★ Jack persuaded me into buying seven tons of **steel**.
傑克說服了我買七噸鋼材。

**stock**
[stɑk]
n 股票；存貨；
adj 庫存的

★ In my opinion, we should sell all **stocks** we hold.
我認為我們應該拋售所有的股票。

**supermarket**
['supɚ,mɑrkɪt]
n 超級市場

★ They went to the **supermarket** for fruits, vegetables, and milk.
他們去超市買水果、蔬菜和牛奶。

**supervise**
['supɚ,vaɪz]
v 監督；管理

★ The director showed up in person to **supervise** the progress.
主管親自前來監督進展。

**supporter**
[sə'portɚ]
n 擁護者；
支撐物

★ A statesman always learns more from his opponents than from his **supporters**.
政治家總是從其對手那裡比擁護者那裡學到更多東西。

**suppose**
[sə'poz]
v 假定；認為
必須

★ Mary is **supposed** to organize a group which will work for the shopping center.
瑪麗應該負責組成一個團隊，為這家購物中心工作。

**terrorist**
['tɛrərɪst]
n 恐怖主義者；
恐怖分子

★ The accident was in connection with **terrorist** attacks.
那場意外與恐怖攻擊有關。

**tourist**
['turɪst]
n 旅遊者；遊客

★ The cherry tree is in blossom, and many **tourists** are sitting under it.
那棵櫻花樹開滿了花，有很多遊客坐在樹下。

**tremble**
['trɛmbl]
v 發抖；搖晃；n 發抖

★ Tom **trembled** severely in the face of the tiger.
湯姆在老虎面前顫抖的很厲害。

**translate**
[træns'let, trænz-]
v 翻譯；解釋

★ Up until today, this business material has been **translated** into ten languages.
迄今為止，這份商業教材已被譯成十種不同的語言。

**tremendous**
[trɪ'mɛndəs]
adj 巨大的；極好的

★ **Tremendous** changes have taken place in the world during these years.
這些年來世界發生了翻天覆地的變化。

**unconscious**
[ʌn'kanʃəs]
adj 無意識的；失去知覺的

★ The **unconscious** patient laid flat out on the operating table.
病人無意識的平躺在手術臺上。

**vacation**
[ve'keʃən, və-]
v 度假；n 假期；節日

★ We have been working for a long time and are looking forward to a **vacation**.
我們工作了很長一段時間，大家都期待能夠放假。

**celebration**
[ˌsɛlə'breʃən]
n 慶祝；慶祝活動

★ After the **celebration**, we spent nearly four hours cleaning up the courtyard.
慶祝會結束後，我們花了將近四個小時清掃庭院。

**violate**
['vaɪəˌlet]
v 違犯；褻瀆；施暴

★ Anyone who **violates** the company's rules shall be punished.
任何違反公司規章的人都將受到懲罰。

**violence**
['vaɪələns]
n 暴力；狂熱行為

★ Tom believes that **violence** should always be the last resort.
湯姆認為暴力永遠應該是最後的手段。

## 形似

| | |
|---|---|
| **wake**<br>[wek]<br>v 叫醒；醒來 | ★ I was happy to be **woken** by the chirping of birds.<br>我很高興早上被鳥叫聲叫醒。 |
| **awake**<br>[ə'wek]<br>adj 醒著的；<br>v 喚醒 | ★ Workers have to stay wide **awake** during night shifts.<br>工人在晚班期間必須保持清醒。 |

# 片語篇

第 6 篇

## 片語

### 最常考動詞『ask』片語整理

**ask for** 要求

He was always **asking for** money.
他老是要錢。

I beg your pardon, did you **ask for** coke or juice?
不好意思，您點的是可樂還是果汁？

**ask for directions** 問路；問(方向)

Not knowing where to go, she **asked for directions**.
她不知道該往哪走，所以向人問了路。

We have lost the way. Let's stop here and **ask for directions**.
我們已經迷路了，讓我們在這邊停車問路吧。

**ask ... for help** 向…求助

You'd better **ask** the police **for help** right now.
現在你最好立刻向警察求助。

You could **ask** the police **for help** when you are in trouble.
遇到麻煩的時候，你可以向警察求助。



**ask ... to + 原形動詞** 叫某人做某事

Jane **asked** Tom **to** go away because she wanted to be alone.
珍請湯姆離開，因為她想要獨處。

### 最常考『be動詞』片語整理：後加不定詞(to + 原形動詞)

**be able to** 能…

Tom found a job that **was able to** provide bread and butter.
湯姆找到了一份能夠讓自己維持溫飽的工作。

I won't **be able to** attend the meeting.
我不能去開會了。

**be about to** 剛要；即將

He **was about to** go out when the phone rang.
他正準備出去時，電話響了。

**be bound to** 必定；一定

Working so hard, you **are bound to** become successful.
你那麼努力工作，一定會成功。

**be necessary to** …有必要

It **is necessary to** rest to work better.
為了能更好地工作，休息是必要的。

**be going to** 將要；打算；即將

He **is going to** study in the United States after graduation.
他畢業後將去美國進修。

## 最常考『be動詞』片語整理：後加to + 名詞

**be equal to** 勝任

Mary **was** not **equal to** her work.
瑪麗無法勝任工作。

**be unequal to** 不相稱；不符

The quality of the second-handed car **is unequal to** its high price.
這輛二手車的品質與其高價不符。

**be helpful to** 對…有益

Doing physical exercise regularly will **be helpful to** your health.
規律運動對健康有幫助。

## 最常考『be動詞』片語整理：後加about + 動名詞／名詞／代名詞

**be certain about** 確定

I cannot **be** more **certain about** it.
我對此事非常確定。

**be uncertain about** 對…不確定

I **am uncertain about** whether I can pass the exam.
我不確定我是否能通過考試。

## 最常考『be動詞』片語整理：後加of＋動名詞／名詞／代名詞

**be capable of** 有…能力的

You **are capable of** finishing the task.
你有能力完成任務。

**be tired of** 厭倦

Adam **is tired of** the current work.
亞當厭倦了現在的工作。

**be kind of** 好心做；善良

It **was** very **kind of** Adam to help the old lady.
亞當幫助老婆婆，他真善良。

**be nice of** 友善的；和藹的

It **was** so **nice of** you to help me do the cleaning.
能夠幫忙我打掃，你真是個好人。

**be on the point of** 正要；即將

She **was on the point of** bursting into tears when her husband stopped her.
她正準備放聲大哭，他的丈夫制止了她。



## 最常考『be動詞』片語整理：後加with＋名詞／代名詞

**be popular with** 受…歡迎

If I were a teacher, I would **be popular with** the students.
假如我是老師，一定會受到學生們的歡迎。

**be satisfied with** 滿足；對感到滿意

The manager must **be satisfied with** our proposal.
經理對於我們的提案一定很滿意。

## 最常考『be動詞』片語整理：對比片語

**be busy** + 動名詞 忙著做某事

Mother **is busy** preparing dinner.
媽媽正在忙著準備晚餐。

Lily **is busy** doing work these days.
莉莉這幾天忙著工作。

**(cf) be busy with** + 名詞 忙於某事；忙碌於

I **was busy with** my homework.
我忙於家庭作業。

Jerry **is** now **busy with** his homework.
傑瑞現在正忙著寫作業。

**be concerned with** 關心；與…有關

I **am** not that **concerned with** sports.
我不太關心體育方面的事。

**(cf) be concerned about** 關心

All teachers **are concerned about** their students' study.
所有老師都很關心學生的學習情況。

**be good to** 有益

Exercising **is good to** your health.
運動有益健康。

**(cf) be good at** 擅長

He **is good at** making deals with foreigners.
他擅於和外國人做生意。

**be good for** 有利於；有益

Vegetables **are** nutritious and **good for** your health.
蔬菜既營養又對健康有益。

## 片語

**(cf) be bad for** 對…有害；不利於

Skipping meals **is bad for** one's health.
不按時吃飯有害健康。

**be made in** 在…製造

My sister's new air conditioner **is made in** France.
我妹妹的新冷氣是法國製造的。

**(cf) be made from** 由…組成；製成；由…

Biscuits **are made from** dough and milk.
餅乾是由麵糰和牛奶做成的。

**be tired out** 累壞

Dan **is tired out** from a whole day of work.
一整天的工作讓丹累壞了。

**(cf) be tied up** 很忙的；被占用

All my holidays will **be tied up** by the extra work.
額外的工作將占據我所有假期。

片語

### 最常考『be動詞』片語整理

**be different from** 不同於；與不同

The people here **are** quite **different from** people in my hometown.
這裡的人和我家鄉的人很不一樣。

**be necessary for** 對有必要

It **is necessary for** you to know something about the country before you go there.
前去一個國家之前，先了解一下那裡的情況是必要的。

### 最常考動詞『break』片語整理

**break down** 發生故障；失敗；分解

The machine **broke down** during operation.
機器運行到一半時故障了。

The teacher **broke** the class **down** to several groups for the research.
老師將班級劃分成幾組來進行研究。

**break in** 訓練；打斷；闖入

Someone **broke in** through the window of the house.
有人從窗戶闖進了這棟房子。

The firemen **broke in** the burning house and saved the children.
消防隊員破門而入，從著火的房子中救出了孩子們。

**break into** 破門而入

The thieves **broke into** the bank and stole the safe.
小偷闖進銀行並偷走了保險箱。

Someone had **broken into** the house and stolen our television.
有人闖進房子，偷走了我們的電視機。

**break off** 突然停止；中斷；暫停

The chairman objected to **breaking off** the conference.
主席反對中斷會議。

**break out** 突發；爆發

People started storing good before the war **broke out**.
人們在戰爭爆發前便開始囤積食物。

A big fire **broke out** in this street yesterday.
這條街道上昨天發生了火災。

**break out of** 突破；擺脫束縛

The thief **broke out of** the house successfully.
小偷成功的逃離了房子。

**break through** 突圍；有重要創見；突破

The enemy **broke through** the troop's blockage.
敵軍衝破了軍隊的封鎖線。

**break up** 解散；結束；打碎；衰落

Don't let a little dispute **break up** friendship.
不要讓小小的爭執毀了友誼。

➡ 片語

The party **broke up** very late, and she was afraid to go back home alone.
聚會結束的很晚，她害怕獨自一個人回家。

## 最常考動詞『bring』片語整理

### bring about 導致；引起；帶來；造成

I explained the article and tried to **bring about** discussion.
我解釋了那篇報導，並試圖引起大家討論。

The rising temperature **brought about** many disasters.
氣溫的上升導致了許多災難。

### bring down 打倒；降低；擊落

Another helicopter was **brought down** by the new weapon.
又一架直升機被新武器擊落。

### bring forth 發表；產生；公布；提出

Jack's farmland **brings forth** a great number of corn every year.
傑克的農田每年都出產大量的玉米。

At the meeting, Nancy **brought forth** a great idea.
在會議上，南西提了個很好的提議。

### bring forward 提出

I **brought forward** a plan for a trip to Canada next week.
我提出了下週去加拿大旅遊的計畫。

### bring out 出版；推出；說明；闡明；使顯出

I will be **bringing out** two books this year.
今年我將會出兩本書。

The little boy **brought out** his talent in music.
小男孩展示了他音樂方面的天分。

### bring up 教育；培養；提出

Many children were not **brought up** well.
很多孩子都沒有被教育的很好。

**bring into** 使開始進入狀態；帶進

Shoppers may not **bring** drinks **into** the supermarket.
購物者不可以把飲料帶進超市。

**bring in** 生產；帶入；引進；增加

The new policy will **bring in** more talents to our country.
新政策將會使更多有才能的人來到我們國家。

## 最常考動詞『burn』片語整理

**burn up** 燒光；燒毀；燒起來

The house was soon **burned up** by the big fire.
房子很快就被大火燒光了。

**burn down** 把…燒成平地；燒光

The city was **burned down** during the war.
這座城市在戰爭中被燒成平地。

## 最常考動詞『call』片語整理

**call at／on** 拜訪；停靠

Tom **called at** my new house yesterday.
湯姆昨天來到我的新家拜訪。

Tom **called on** me to discuss our plan to California.
湯姆來拜訪我，討論我們去加州的計畫。

**call back** 叫回來；收回；回電話

I was **called back** by my wife from work.
我上班時被妻子叫回家。

The failed products were **called back**.
那些不合格的商品都被召回了。

## 片語

**call for** 要求；需要；邀請；提倡

This problem **calls for** a new solution.
這個問題需要一個新的解決方案。

**call forth** 使起作用；喚起；使產生

The hard work **called forth** Tom's ability.
這項困難的工作激發了湯姆的能力。

His speech **called forth** the people's attention.
他的演講引起了大家的關注。

**call in** 召來；召集

The company **called in** all workers for an urgent meeting.
該公司召集了所有員工來開緊急會議。

**call it a day** 暫停；收工

We finished the essay and **called it a day**.
我們寫完論文後，便結束了當天的工作。

**call up** 使想起；召喚；打電話給

My mother always **calls** me **up** after work.
下班後，母親總會打電話給我。



## 最常考動詞『catch』片語整理

**catch a cold** 感冒；著涼

The weather turned cold and I **caught a cold**.
天氣變冷後我感冒了。

**catch on...** 理解；明白

Please repeat what you have said, I didn't quite **catch on**.
請你再重複一遍剛才的話，我聽不太懂。

**catch up with** 趕上；逮捕；追趕

Tom studied very hard to **catch up with** the others.
湯姆努力學習試圖趕上別人。

The quality of our products is **catching up with** top standards.
我們產品的品質正在趕上最高水準。

**catch the train 趕(上)火車**

We should leave home early to **catch the train**.
我們應該早點出門才能趕上火車。

**catch the bus 趕(上)公車**

I ran out to **catch the bus** to my school.
我跑出去追趕前往學校的公車。

## 最常考動詞『close』片語整理

**close in 包圍**

The troops are **closing in** on the city.
軍隊正在包圍這座城市。

The night is **closing in**. More and more people went home.
夜幕降臨，越來越多人回家去了。

**close down 停止播音；關閉**

The shop **closed down** because the shop owner was bankrupt.
由於店主破產，那家店關門大吉了。

**close up 靠近；關閉；癒合**

They **closed up** the windows before leaving the classroom.
他們在離開教室前關上了窗戶。

The teacher told the students to **close up** for the photo shoot.
老師要求學生合照時靠攏一點。

**close to 接近；附近**

I stood **close to** the couple, so I could hear them whispering.
我站得離那對夫妻很近，因此可以聽到他們在竊竊私語。

It's not good to plant the trees **close to** each other.
把樹種得太靠近不好。

**(cf) get close to** 接近

It's hard to **get close to** Dora because she is cold.
因為朵拉冷漠，所以不容易親近。

## 最常考動詞『come』片語整理

**come along** 進步；出現；陪伴；進展

Carol's accounting course is **coming along**.
卡蘿學習會計課程得心應手。

**come across** 無意中發現；巧遇；越過

I **came across** my high school classmate at the supermarket today.
我今天在超市碰巧遇見了高中同學。

**come after** 繼而來；緊跟

It is often believed that misfortune will **come after** you break a mirror.
人們相信打破鏡子會帶來惡運。

**come by** 從旁經過；得到

Mary will **come by** the library today, perhaps you will meet her.
瑪麗今天會經過圖書館，或許你能夠遇到她。

**come down** 下降；下跌；墜落；流傳

The fable **came down** from the last century.
這則寓言故事是從上世紀流傳下來的。

**come from** 來自；出生於

While I was sleeping, I heard a strange noise **coming from** my kitchen.
睡覺的時候，我聽到廚房傳來奇怪的聲響。

**come in** 進來；走進

I had finished the report when the boss **came in**.
老闆進來時，我已經完成了那份報告。
Hardly anyone noticed when Cathy **came in**.
凱西進來的時候幾乎沒有人注意。

**come into** 得到；進入

Tom **came into** the company and searched everywhere for the data.
湯姆來到公司，搜查了所有可能存放那份資料的地方。

**come into existence** 獨立；開始存在

Our company **came into existence** in 1893.
我們公司於一八九三年成立。

**come out** 出來；出版；發行

Some magazines **come out** monthly.
有些雜誌按月出版。

**come on** (催)快點；上前；發生

**Come on**! We must hurry!
快點，我們得加快速度！

**Come on**! There is no time left.
快一點！時間不夠了。

**come over** 順便來訪；過來；抓住

The boss **came over** and gave us a warm hug.
老闆走過來並給我們一個溫暖的擁抱。

**come round** 甦醒；復原；順便來訪

I am sorry that you couldn't **come round** this week.
你這個禮拜沒辦法來訪讓我感到遺憾。

**come up** 開始；發生；出現

We solved the problems as soon as they **came up**.
問題才剛出現就被我們給解決了。

**come up with** 想出；想到；提出

She **came up with** the idea of her novel by a flash of the mind.
她靈機一動便想到了小說的題材。

**come with** 伴隨發生；開始；與一起

Why aren't they **coming with** us to the park?
他們為什麼不跟我們一起去公園呢？

片語

## 最常考動詞『come to』片語整理

**come to nothing** 沒有成果

With no cooperation involved, the meeting **came to nothing**.
在沒有合作跡象的情況之下，這場會議毫無成果。

**come to an end** 結束

All good things will **come to an end**.
天下沒有不散的筵席。

**come to a／the conclusion** 達到結論；得出結論；產生結果

They **came to the conclusion** that the witch had cast a spell on the princess.
他們得出的結論是女巫對公主施了魔咒。

## 最常考動詞『count』片語整理

**count on** 依靠；指望

The fans are all **counting on** a concert held by the singer.
所有歌迷都寄望這名歌手能夠舉辦一場演唱會。

**count up** 把加起來；共計

**Count up** the bills for this month and mail them to the manager.
把這個月的帳單計算好，然後寄給經理。

**count down** 倒數；倒數計時

Mary is **counting down** to her birthday.
瑪麗非常期待生日的到來。

**count out** 不把…算在內

Annie was happy that she was **counted out** of the fitness test.
安妮很高興她被排除在這次體能測試之外。

**count ... in** 把…算在內

You should **count** James **in** for the economic meeting; he is an expert in that field.
你應該讓詹姆斯參加經濟會議，他可是經濟領域的專家。

## 最常考動詞『cut』片語整理

**cut down** 砍掉

All but two of the trees had been **cut down**.
除了兩棵樹以外，其餘的都被砍掉了。

**cut through** 割破；切…

Tom asked for a sharp knife to **cut through** steak.
湯姆要了一把鋒利的刀來切牛排。

**cut off** 切斷；阻斷

All supply to the village was **cut off** because of the flood.
洪水切斷了村莊的所有供給。

**cut out** 停止；切除；刪除

Bob **cut out** unwanted sentences from the article.
鮑伯把不要的句子從文章中刪除。

**cut back on** 縮減；削減；減低

China is **cutting back on** its population growth.
中國正在減緩人口成長速度。



## 最常考動詞『do』片語整理

**do housework** 做家事

It is wrong of you to let your mother **do housework**.
你讓母親做家事是不對的。

**do wonders** 創造奇蹟

This new medicine can **do wonders**.
這個新藥物有奇效。

**do one good** 對某人有益

Having confidence will always **do one good**.
能夠擁有自信是對你有益的。

## 片語

**do the deed** 付諸行動；生效

Leo has decided to stop being lazy and **do the deed**.
里奧決定摒除懶惰，付諸行動。

**do with** 處理；對付；運用；忍受；將就(用)

What will the doctor **do with** the injury?
醫生將會如何處理傷口？
What are you going to **do with** the old computer?
你要怎麼處置舊電腦？
What are you going to **do with** the unfinished part?
對於未完成的部分，你要怎麼處理？

**do away with** 廢除；戒除

Tom tries hard to **do away with** his bad habits.
湯姆努力戒除壞習慣。
Anyone who wants to succeed has to **do away with** bad habits.
想要成功，就要根除惡習。

### 最常考動詞『do one's ~』片語整理

**do one's utmost** 盡心盡力

My goal is to **do my utmost** for the project.
我的目標是為這次計畫盡心盡力。

**do one's duty** 履行職責

The police was **doing his duty** by fining the driver who broke the rules.
警察對違規的司機進行罰款是在履行職責。

**do／try one's best** 盡力；竭力

Teachers should **do their best** in helping students learn.
老師應盡全力幫助學生學習。

## 最常考動詞『get』片語整理

**get acquainted** 變得很熟

After you have spoken to Peter, you two will **get acquainted**.
當你和彼得聊過天後，你會很快和他變得很熟。

**get about** 傳播；流傳；走動

The story of Tom's saving someone **got about**.
湯姆救人的故事傳開了。

**get around** 應付；逃避；到處走走

It may take time, but we'll **get around**.
這件事或許會花費時間，但我們會克服的。

**get down** 記下；著手

Let's **get down** to business.
讓我們著手處理正事吧。

I guess you'd like to **get down** to business this morning.
我想你今早就開始想著手辦事了。

**get along with** 相處

I don't know how to **get along with** my boss; he changes his mind all the time.
我不知道怎樣和一位朝令夕改的上司相處。

**get away from** 避免；擺脫；離開

The outlaw tried to **get away from** the police station but failed.
歹徒嘗試逃離警局，但失敗了。

**get a discount** 打折；優惠

Jerry **got a** 30% **discount** on the computer at the computer fair.
傑瑞在電腦展上以七折優惠買下了這部電腦。

**get back** 回來；收回

Mom asked Mary to **get back** home before ten o'clock.
媽媽要求瑪麗十點前回到家。

### 片語

**get back at** 報復

Dan tried to **get back at** the classmate who pushed him into the pond.
丹試圖報復那個把他推進池塘裡的同學。

**get going** 動身

It's getting really late and I should better **get going**.
天色越來越晚了，我該要動身了。

**get into** 陷入；進入；習慣於

I am curious about how he **got into** that office.
我很好奇他是怎麼進入那間辦公室的。

**get lost** 迷路

The teachers and students **got lost** in the forest.
老師和學生們在森林裡迷路了。

**get off** (飛機)起飛；掛掉(電話)

Please **get off** the phone; our clients may call us any time.
請你掛掉電話，我們的客戶隨時都可能打來。

**get over** 克服；擺脫(疾病等)

She just can't **get over** her fear of flying.
她就是無法克服飛行的恐懼。

**get out of** 脫離；離開；洩露

As long as he is in control of our country, we won't **get out of** financial trouble.
只要是他在掌控國家，我們就無法脫離財政危機。

**get it wrong** 搞砸了；誤會

I thought you asked me to buy some bananas, but I guess I **got it wrong**.
我以為你請我去買幾根香蕉，但看來是我搞錯了。

**get ... wrong** 誤解…

Please don't **get** me **wrong** when I say those words to you.
請不要誤解我所說的話。

## 最常考動詞『give』片語整理

**give in** 讓步；屈服；交上來；投降

The students wouldn't **give in**.
學生們不肯讓步。

**give up** 放棄；讓出

The accident last night made us **give up** the plan.
昨晚的意外使我們放棄了這個計畫。

**give a discount** 打折；優惠

Airlines will **give discounts** to round trip travelers.
航空公司會給購買來回票的旅客折扣。

## 最常考動詞『go』片語整理

**go on** 發生；進行；進展

Wouldn't it be great to **go on** a one-week cruise?
乘船遊覽一個禮拜不是很棒嗎？

**go on with** 繼續

Now that I'm well again, I can **go on with** my work.
既然我已經康復，我就可以繼續工作了。

**go along with** 陪同一起；贊同

You can **go along with** Mary; she has ever been to America.
你可以和瑪麗一起去，她從未去過美國。

**go through** 審查

Let's **go through** every item on the contract.
讓我們審查一下合約上的每項條款。

Toys **go through** numerous tests before entering the market.
玩具在進入市場前，要經過大量測試。

**go in for** 參加；追求；從事

Rebecca **went in for** the volleyball team.
瑞貝卡參加了排球隊。

**go shopping** 購物

Joey is very bored because she seldom **goes shopping** after work.
喬伊覺得很無聊，因為她幾乎不曾在下班後逛街。

**go swimming** 去游泳

William used to **go swimming** every day when he was a child.
當威廉還是小孩的時候，他每天都會去游泳。

## 最常考動詞『hand』片語整理

**hand in** 提交；交上；呈送

Homework is required to be **handed in** before Friday.
作業必須在星期五前交。

**hand back** 歸還；退還

The teacher **handed back** the test papers.
老師發還考卷。

**hand out** 施捨；分發

The new store **handed out** a lot of free products.
新開的商店分發許多免費的產品。

**helping hand** 幫助；援手

Jim lent Jane a **helping hand** when she moved house.
吉姆在珍搬家的時候幫助她。

**on the other hand** 另一方面

John is very smart, but **on the other hand**, he is not so loyal.
約翰非常聰明，但另一方面，他的忠誠度並不高。

## 最常考動詞『keep』片語整理

**keep on** 愛好；繼續；不斷

William **kept on** grumbling about his low pay.
威廉不斷抱怨他的薪水過低。

We **kept on** doing our work even though it was way past dinner time.
雖然早過了晚餐時間，我們還是繼續做著工作。

**keep off** 避開；不接近；擋住；讓開

Guests are required to **keep off** the grass.
客人被要求避開草坪。

Johnson usually **keeps** his mobile phone **off** when he is at very important meetings.
強森出席重要會議時，通常會把手機關機。

**keep awake** 使…醒著

Although it was late, the show on TV **kept** the children wide **awake**.
雖然已經很晚了，但電視節目使孩子們一直保持清醒。

**keep from** 避免；遠離；阻止

Sam's arrogance **kept** him **from** taking suggestions.
山姆的高傲使他不聽取建議。



## 最常考動詞『look』片語整理

**look at** 考慮；看；著眼於

The students **looked at** their new English teacher curiously.
學生們好奇地看著新來的英語老師。

**look for** 尋找；指望

The rescue team has been **looking for** the missing child for a week.
救難隊已經花了一個星期尋找那名失蹤的孩子。

Linda loves wandering on the street to **look for** stores that are having a big sale.
琳達喜歡在街上閒逛，尋找正在大打折的商店。

## 片語

**look into** 研究；調查；了解

The police started to **look into** the crime.
警察開始著手調查該案件。

**look after** 照顧；照管

Tom will **look after** Jane's dog when she is away.
珍不在家的期間，湯姆會照顧她的狗。

**look out** 注意；小心

**Look out** for cars when you cross the street.
過馬路時要小心車子。

**look back** 回想

I did not realize how successful I am right now until I **looked back**.
直到我回想起過去，我才發現自己現在有多麼成功。

**(cf) look back on** 回顧

I **looked back on** my schooldays and was glad to have been taught by excellent teachers.
回顧學生時期，我很高興曾被優秀的老師們教過。

**look upon** 把看作；看待

The two countries **looked upon** each other as allies.
兩國把彼此做為盟友看待。

**(cf) look upon as** 把看作是

Mary's father is **looked upon as** a role model.
瑪麗的父親被視為榜樣。

### 最常考動詞『make』片語整理

**make a decision** 做決定；下決心

My boss never changed his mind once he **made a decision**.
老闆一旦作出決定就不會再改變。

**make a mistake** 犯錯誤；做錯

Jane **made** a big **mistake**.
珍犯了一個很大的錯誤。

**make an appointment** 預約；約會

Please **make an appointment** first so that I can put it on the schedule.
請先預約，這樣我就可以安排在行事曆上。

**(cf) make appointments** 安排約會

Chairman Li is very busy; people who wants to see him should **make appointments** first.
由於李主席十分繁忙，想會見他的人應該先預約。

**make efforts** 作出努力

If you succeeded without **making efforts**, you're only lucky.
沒有努力卻能成功，只能意味著你很幸運。

**make money** 賺錢

You can **make money** with your time, but you can never buy time with your money.
你可以利用時間去賺錢，但你永遠沒有辦法用金錢來換取時間。

**make sure** 證實；確認

Just **make sure** that all lights are turned off before you leave.
離開之前請務必確保燈都已關上。

**make progress** 進步；進展

He just wanted you to **make progress**.
他只是希望你能夠進步。

**make up** 捏造；編造；化妝；彌補；補足

Tom **made up** the whole story to avoid being punished.
為了避免受罰，湯姆編造了一整個故事。

They were told to **make up** for the lost time.
他們被要求彌補損失的時間。

**make up one's mind** 下定決心

Jessica **made up her mind** to become a doctor when she was eleven.
潔西卡十一歲的時候就下定決心要當醫生。

You have to **make up your mind** as soon as possible.
你必須盡快下定決心。

## 最常考動詞『pay』片語整理

**pay off** 償清；奏效

His bold move **paid off** and won him the chess match.
他大膽的行動有了成效，讓他成功贏得象棋比賽。

**pay attention to** 注意

When traveling around the states, **pay attention to** the different laws set by each state.
在美國各州旅行時，要注意每個州自訂的法律。

**pay no attention to** 沒有注意

Brown **paid no attention to** what Lily said, which made Lily very angry.
布朗沒有專心聽莉莉講話，這讓莉莉十分生氣。



## 最常考動詞『play』片語整理

**play football** 踢足球

Michael went to **play football** yesterday afternoon.
麥克昨天下午跑去踢足球。

**play with** 與…一起玩

Tammy is **playing with** the kittens.
黛咪在跟小貓玩。

**play practical jokes** 惡作劇

Tom warned John not to **play practical jokes** on him again.
湯姆警告約翰不要再對他惡作劇。

## 最常考動詞『put』片語整理

**put down** 鎮壓；數落；記下；登記；寫下來

It is better to **put down** all the things we want to buy on a list before shopping.
我們最好在購物之前把想買的東西記在清單上。

**put forward** 提出；提起

You are obliged to **put forward** plans to increase income and reduce expenditure.
你有責任提出開源節流的計畫。

**put off** 推遲；延期

I had to **put off** an appointment because of the work.
因為工作，我不得不將約定時間延期。

**put up with** 忍受

I can't **put up with** you anymore.
我再也受不了你了。

**put ... into** 把⋯放進；使進入；輸入

My colleague is always **putting** me **into** bad situations.
我的同事總是將我置於不好的處境。



## 最常考動詞『set』片語整理

**set about** 出發；著手

I must **set about** packing for the business trip.
我得開始打包出差用的行李了。

**set fire** 放火

Some men **set fire** to the factory three days ago.
三天前有些人放火燒工廠。

**set out** 出航；出發

The fisherman **set out** before the high tide.
漁民在漲潮前就出航了。

**set an example** 樹立榜樣

Roy was the best salesman in our company; he **set an example** for the others.
羅伊是我們公司最好的銷售員，他為他人樹立了榜樣。

## 最常考動詞『show』片語整理

**show off** 賣弄；炫耀

Jack is just **showing off** his work performance.
傑克只是在炫耀他的工作績效。

**show up** 出現；出席

The president **showed up** in person to receive the award.
總統親自出面接受了這個獎項。

**show ... out** 送客出來；領…出來

Tom **showed** the guests **out** after dinner.
晚餐後，湯姆把客人送走。

**show ... around** 帶領…參觀

Bob will **show** you **around** when you come to our company.
等你來我們公司，鮑伯將會帶你四處參觀。



## 最常考動詞『take』片語整理

**take action** 提出訴訟；採取措施

I have been curious about why the manager isn't **taking** any **actions**.
我最近很好奇為什麼經理還沒採取任何措施。

**take over** 接管；接受；借用；躲避

My father will **take over** this company soon.
我的爸爸不久後將接管這家公司。

**take care** 當心；注意

You should **take care** when you cross the road.
你過馬路時應該注意安全。

**take care of** 愛護；照料；照顧；處理；負責

Parents always **take care of** their children.
父母總會照顧自己的孩子。

Being **taken cared of**, Jack is in good health.
傑克受到照顧，很健康。

**take pains** 盡力去做

Success is achieved by **taking pains**.
成功要靠努力來獲得。

**(cf) take great pains** 煞費苦心

Teachers **take great pains** to teach teenagers.
老師花費苦心教導青少年們。

**take place** 舉行；發生

The meeting will be **taking place** at the hotel across the street.
會議將在馬路對面的旅館內舉行。

**(cf) take place of** 代替；取代

The manager had to find someone to **take place of** John.
經理必須找人來頂替約翰。

**take pleasure in** 享受其中的樂趣

John **takes pleasure in** helping others.
約翰以幫助他人為樂。

**take pride in** 以…為驕傲；為榮

The teacher **takes pride in** teaching.
老師以教學為榮。

## 最常考動詞『take ~ of』片語整理

### take charge of 負責

General Lee **took charge of** the troops.
李將軍接管了軍隊。

### take advantage of 利用

The employees should **take advantage of** the given time.
員工們應該好好利用被給予的時間。

### take hold of 握住；把握；吸引

**Taking hold of** the opportunity, he made a large fortune.
他把握機會，賺了一大筆錢。

## 最常考動詞『take a ~』片語整理

### take a break 休息

You are tired; you'd better **take a break**.
你累了，最好休息一下。

### take a step 採取步驟

Jeff needs to **take a step** to change his firm's difficult condition.
傑夫需要採取措施改變他公司的困境

### take a seat 就座；坐下

Please **take a seat** and make yourself at home.
請坐，當做在自己的家。

### take a chance 冒險

I have already been told that the task is difficult, but I'll **take a chance** on it.
我已經被告知這項任務很艱難，但我仍然要冒險嘗試。

### take a photo of 拍照

The witness of the accident **took a photo of** the scene.
事故的目擊者拍下案發現場的照片。

## 最常考動詞『talk』片語整理

**talk about** 談論某事；談話

The girls are **talking about** makeup and clothes.
女孩們正在討論化妝品和服飾。

**talk back** 反駁；頂嘴

Mary often **talked back** to her manager.
瑪麗經常和經理頂嘴。

**talk into** 說服做；說服某人做某事；勸說

I am sure I can **talk** him **into** joining my company.
我確定我能說服他加入我的公司。

Mike soon learned the trick of **talking** customers **into** buying his products.
麥克很快就掌握說服客戶購買產品的技巧。

**talk over** 說服；討論；商討

I need to **talk** it **over** with the manager first.
我需要先和經理討論一下。

**talk with** 與某人交談；與某人談論

I'm not willing to **talk with** John because he likes to annoy me.
我不願意和約翰交談，因為他喜歡騷擾我。

## 最常考動詞『turn』片語整理

**turn in** 上交；繳交

I have to **turn in** the quarterly report before Monday.
我必須在週一前上交季報告。

The students **turned in** their homework when they got to school.
學生們到校後就交作業了。

**turn to** 求助於；轉向；變成

John decided to **turn to** his son for help.
約翰決定求助兒子幫忙。

Tom is someone who you can always **turn to** when you need help.
湯姆總是樂於幫助需要幫助的人。

**turn up** 出現；出席；到達；發現；發生

John **turned up** and the negotiation went on smoothly.
約翰的出現使談判順利進行下去。

You shall get a pay raise when the final results **turn up**.
結果出來後，你會加薪的。

**turn out** 證明是；結果是；翻轉

It **turned out** that Tom was the one who stole the car.
原來湯姆才是那個偷車賊。

**turn over** 轉交；打翻；翻閱；顛覆

Tom **turned over** to a different channel.
湯姆把電視轉到了不同頻道。

**turn ... upside down** 翻箱倒櫃；翻得亂七八糟

Mary **turned** the house **upside down** to find her wallet.
為了找到錢包，瑪麗把房子都翻遍了。



## 最常考『all ~』片語整理

**all kinds of** 各類

The lawyer deals with **all kinds of** difficult cases.
律師辦理各式各樣的困難案件。

**all sorts of** 各種各樣的

**All sorts of** mad ideas revolved in Cady's mind.
各種瘋狂的想法在凱迪的腦海裡打轉。

**all the way** 從遠處；全程；一直

Lily drove **all the way** to the company yesterday.
昨天莉莉一路開車到公司。

**all the more** 更加；格外

The flowers on the wall made the house **all the more** splendid.
牆上的花朵使房子顯得更加富麗堂皇。

## 最常考『at ~』片語整理

**at first** 最初

The election went against him **at first**, but he won at last.
選舉開始時對他不利，但最終他獲勝了。

**at least** 至少

**At least** our parents gave us moral support.
至少父母給予我們精神上的支持。

**at once** 立刻；馬上

James was startled when his boss told him to pack up and leave **at once**.
詹姆斯對於老闆叫他立刻打包走人感到十分震驚。

**all at once** 突然；一起

When the players won the game, the entire team rushed in **all at once**.
當隊員們贏得比賽時，整支球隊都一起衝進了球場。



## 最常考『~ about』片語整理

**complain about** 抱怨；訴苦；申訴

We don't need to **complain about** anything.
我們不需要抱怨任何事情。

**get about** 流傳；到處走動

He **gets about** town with his dog on weekends.
他經常在週末時帶著狗在小鎮上到處走動。

## 片語

**hang about** 閒逛；徘徊

July and August are usually the months when there are a lot of students **hanging about** on the streets.
七月和八月是很多學生在街上閒逛的時間段。

**care about** 關心

Alice does not **care about** what will happen in the future.
愛麗絲對於未來會發生什麼事一點也不關心。

**(cf) care for** 喜歡；關心；關懷；照顧

Peter doesn't **care for** sunlight.
彼得不喜歡晒太陽。

**think about** 思考；考慮

Are you still **thinking about** marrying him?
你還在想著要嫁給他嗎?

**(cf) think of** 想起；關心；考慮

Every time she **thinks of** him, she cries her heart out.
每次想起他，她總會痛哭流涕。

片語

### 最常考『~ against』片語整理

**go against** 違反；違背

Why would you want to **go against** the laws of nature?
你為何會想要違背自然規律？

**turn against** 敵對；反感

The manager's bad temper caused the employees to **turn against** him.
經理的壞脾氣讓員工們開始對他產生敵意。

**vote against** 投反對票

The board of directors decided to **vote against** the manager's proposal.
董事會決定投票反對經理的提案。

**lean against** 斜靠著

I was so tired that I **leaned against** the wall for a rest.
我太累了，於是便靠著牆壁休息。

**up against** 遭遇；面臨

Although John was **up against** many difficulties, he did not lose heart.
雖然約翰碰到了許多困難，但他並不氣餒。

**come up against** 偶然遇到；突然遇到

When we operated the machine, we **came up against** many problems.
我們操作機器時遇到了很多問題。

## 最常考『~ around』片語整理

**fool around** 遊手好閒；閒蕩

Most of my colleagues **fool around** during work.
我大多數的同事都在上班時間鬼混。

**pace around** 踱步

The boss is always **pacing around** downstairs.
老闆總是在樓下徘徊走動。

**walk around** 繞走；四處走動

Tom **walked around** the city, looking for a job.
湯姆在城市裡到處走動，找工作。

**(cf) around the corner** 臨近；在附近

The library is just **around the corner**.
圖書館就在附近。

**(cf) around the clock** 日以繼夜；晝夜不停地

The professor worked **around the clock** for the experiments.
教授日以繼夜地做著實驗。

## 最常考『~ away』片語整理

**burn away** 逐漸消失；燒掉

My boss **burns away** expired files once a month.
老闆每個月都會把過期的檔案燒掉。

**pass away** 度過時間；死去；逝世

The supervisor's mother **passed away** last week.
主管的母親上週過世了。

Because his grandma **passed away**, Tom was extremely sad.
由於祖母去世，因此湯姆十分悲傷。

**waste away** 日益消瘦；逐漸減少；衰退

The advantages of the company are **wasting away**.
這家公司的優勢日益衰退。

**clear ... away** 收拾；清除；消失

She always **clears** the table **away** right after we finish eating.
她總是在我們用餐完畢之後馬上收拾好餐桌。



## 最常考『~ away with』片語整理

**do away with** 廢除；戒除

I want to **do away with** my bad habits.
我想戒掉惡習。

**walk away with** 偷竊；帶走

The keeper **walked away with** the goods and disappeared.
守衛帶走了貨物後便消失了。

**stay away from** 離遠點；躲避

Candice has been **staying away from** home.
坎蒂絲盡量避免回家。

## 最常考『by ~』片語整理

**by chance** 偶然；碰巧

I found a wallet in the park **by chance**.
我在公園裡偶然發現了一個錢包。

Mary only won the first prize **by chance**.
瑪麗只是恰巧獲得第一名。

**by mistake** 錯誤地

Tony took the wrong bus **by mistake** yesterday.
東尼昨天搭錯了公車。

**by comparison** 比較起來；相比之下

**By comparison**, this project is more difficult.
相較之下，這個計畫難度更高。

**by way of** 取道；經由；以…的方式

Jim traveled to Venice **by way of** Paris.
吉姆經由巴黎去威尼斯。

**by oneself** 單獨；獨自；親自

Tom finished his homework **by himself**.
湯姆獨自做完家庭作業。

**(cf) all by oneself** 獨自；獨力

Tom built the tree house **all by himself**.
湯姆獨自蓋樹屋。

## 最常考『by ~ means』片語整理

**by all means** 當然可以；一定；務必

Mary told Tim to stop by **by all means**.
瑪麗告訴提姆一定要去她那裡一趟。

## 片語

**by any means** 無論用任何方法；無所不用其極

Mary's boss asked her to finish the design **by any means** before Tuesday.
瑪麗的老闆要求她無論如何要在週二之前完成設計工作。

### 最常考『~ back』片語整理

**hold back** 抑制；限制；攔阻

The police **held back** the protestors with shields.
警察用盾牌攔阻示威者前行。

**hang back** 畏縮不前；猶豫

Never **hang back** when you think there is a chance to make money.
如果你覺得有賺錢的機會，就千萬別猶豫。

**call ... back** 收回；回電

I will **call** you **back** when I arrive at the dorm.
我到宿舍後會回電給你。

### 最常考『~ by』片語整理

**go by** 走訪；經過；判斷

Years have **gone by** and she still hasn't found her missing daughter.
好幾年過去了，她還是沒找到失蹤的女兒。

**pass by** 經過；路過；逝去

I happened to **pass by** and took a photo of the star.
我湊巧路過並拍了一張那位明星的照片。

**bit by bit** 一點一點地；逐步地

We learned to do that job **bit by bit**.
我們一點一點地學會了那項工作。

## 最常考『~ case』片語整理

**in any case** 無論如何

**In any case**, you must attend the meeting this afternoon.
你無論如何都必須參加下午的會議。

**in no case** 無論如何不；絕不

**In no case** should we be arrogant.
我們絕對不應該傲慢。

**in such case** 既然如此

**In such case**, no one will act according to your plan.
既然如此，沒有人會按照你的計畫做事。

**as this is the case** 既然如此；因為如此

**As this is the case**, we must accomplish the task.
因為如此，我們必須完成這項任務。

**such being the case** 就現在的情形而論

**Such being the case**, we must cancel the deal.
就現在的情況，我們必須取消交易。

**in case** 假使；萬一

**In case** I lose my purse, I will have no money to buy food.
如果我弄丟錢包，我就沒錢買食物了。

## 最常考『~ down』片語整理

**burn down** 燒倒；燒毀；使燒成平地

The big fire **burned down** the forest in hours.
那場大火在幾小時內燒毀了森林。

**count down** (時間)倒數

The crowd **counted down** as the new year approached.
群眾倒數著迎接新年的到來。

## 片語

**hand down** 傳遞下來；把…傳下來

The necklace has been **handed down** in my family.
這條項鍊是我們家祖傳的。

**run down** 追溯；碰撞；追尋；停止

The dog **ran down** the street after the cat.
狗沿著馬路追趕貓。

**tear down** 扯下；拆毀

All the old houses will be **torn down** to build a shopping center.
所有老房子將被拆除，用來蓋購物中心。

**write down** 寫下；把…描述成

William **wrote down** the main points of what the manager said.
威廉記錄了經理所說到的重點。

## 最常考『~ for』片語整理

**cry out for** 迫切需要；呼喊

The company is **crying out for** money.
公司急需資金。

**make room for** 為…騰出空間

I need to **make room for** a new colleague tomorrow.
明天我得為一個新同事騰出空間。

**be mistaken for** 被誤認為

The aged boss **was mistaken for** Bob's father.
那位年長的老闆被誤認為是鮑伯的父親。

## 最常考『~ from』片語整理

**apart from** 除…之外

**Apart from** football, David does well in sports.
大衛擅長足球以外的所有運動。

**arise from** 起因於；由…引起

Accidents **arose from** poor construction.
施工不良引起了種種事故。

Modern sports, to some extent, **arose from** ancient wars.
某種程度上來說，現代的體育運動源於古代戰爭。

**aside from** 除…以外(還有)

**Aside from** the financial crisis, the firm also faces bankruptcy.
撇開經濟危機不談，這家公司還面臨破產問題。

**escape from** 從…逃離；逃脫

To **escape from** the building, Peter ran so fast that he was out of breath.
為了逃離大樓，彼得跑的上氣不接下氣。

**learn from** 向…學習；從…中學習

What he said inspired us a lot, and I think we can **learn from** him.
他說的話大大地激勵了我們，我認為我們可以向他學習。

**tell... from...** 認出；區別；辨別

It is always hard to **tell** a twin **from** the other.
雙胞胎總是很難區別。

It's easy to **tell** a BMW **from** a Ford.
BMW和福特的車子很容易區分。



## 最常考『in ~』片語整理

**in brief** 簡單的說；簡而言之

The professor introduced his work **in brief**.
教授簡單的介紹了他的著作。

**in detail** 細節；詳細

Explain your plan **in detail** to me if you please.
如果你願意，請把你的計畫詳細解釋給我聽。

## 片語

**in public** 公開；在公共場所

Jason was scolded **in public**.
傑森在公共場合遭到斥責。

**in private** 私下；祕密的

Mary and Eva are close friends **in private**.
瑪麗和伊娃私底下是很要好的朋友。

**in use** 使用中

The ATM is **in use** at the moment.
有人正在使用提款機。

**in truth** 事實上 ( = truly)

**In truth**, Tom does not like to play the violin.
事實上，湯姆並不喜歡拉小提琴。

**in tears** 流眼淚

The death of Michael Jackson put his fans **in tears**.
麥克傑克遜之死讓歌迷們淚流滿面。

**in all** 總共；總計

We made reservations for fifty people **in all**.
我們總共預訂了五十個位子。

**(cf) in all directions** 各個方向

The rescue team is searching **in all directions**.
救援隊正在向各個方向搜尋。

**in danger** 有危險；在危險中

Pandas are **in danger** of extinction.
熊貓正面臨絕種的危機。

**(cf) out of danger** 脫離危險

During World War II, many Jews fled Germany to keep themselves **out of danger**.
二戰期間，很多猶太人為了脫離危險而逃離德國。

## 最常考『in a ~』片語整理

**in a moment** 馬上；立即；立刻

Tom is currently busy at work, but he will be there **in a moment**.
湯姆正忙於工作，但他馬上就會過去那邊。

**in a word** 簡言之；總結

**In a word**, the activity had been canceled.
總而言之，活動已被取消了。

**In a word**, Tom cannot go out now because he is doing his homework.
總之，湯姆正在做作業，所以他現在不能出門。

The professor summed up the lesson **in a word** so it can be easily understood.
教授把這堂課簡單的總結了一下，以方便學生們理解。

## 最常考『in the ~』片語整理

**in the blues** 悶悶不樂的

The managers were **in the blues** when recession hit.
在經濟衰退期，經理們都一副悶悶不樂的樣子。

**in the corner** 在拐角處

Her mother made her stand **in the corner** for an hour, as punishment for having told a lie.
媽媽叫她在角落罰站一小時，當作她說謊的懲罰。

## 最常考『in the ~ of』片語整理

**in the absence of** 不在；缺乏

They made the decision **in the absence of** the Chairman.
他們在主席不在的情況下作出了這個決定。

**in the course of** 在…期間；在…過程中

**In the course of** the class, Jeff fell asleep.
上課期間，傑夫睡著了。

### 片語

**in the habit of** 有…的習慣

The man is **in the habit of** smoking
這個男人有吸煙的習慣。

**in the hope of** 希望

The employees worked hard **in the hope of** earning more money.
員工們努力工作，希望能多賺點錢。

## 最常考『in ~ of』片語整理

**in charge of** 負責；主管；管理

Ben is **in charge of** the football team.
班管理這支足球隊。

**in control of** 掌控著；控制著

Keep a healthy diet and you will be **in control of** your weight.
保持健康的飲食習慣，你才能控制自己的體重。

**in favor of** 喜歡；支持

All the parents were **in favor of** the suggestion.
所有的家長都支持這項提議。

**in honor of** 向表示致敬；為慶祝；為紀念

The reception party was conducted **in honor of** a very famous person who was known to all.
舉辦這場歡迎宴會是為了紀念一位眾所周知的名人。

**in search of** 搜尋；尋找

The brothers circled the golf course twice **in search of** the lost golf club.
兄弟們繞了高爾夫球場兩圈，尋找遺失的高爾夫球桿。

**in celebration of** 慶祝

A grand party is held **in celebration of** the coming year.
我們舉行了盛大的派對慶祝新年的到來。

## 最常考『in ~ (of)』片語整理

**in case** 以防萬一

Take an umbrella **in case** it rains.
帶著雨傘，以免下雨。

**(cf) in case of** 假如；如果發生；以防

I closed all the windows **in case of** raining.
我關上了所有的窗戶，以防下雨。
Jane brought an umbrella with her **in case of** rain.
珍帶了一把傘，以防下雨。

**(cf) in case of emergency** 如有緊急情況

Please inform your friends of your hotel room number when you are on a trip, **in case of** any **emergency**.
外出旅遊時，請告知朋友你的旅館房間號碼，以防意外事件。

**in danger** 在危險中

The shabby workshop left workers **in danger**.
這個破爛的小工廠使得工人處於危險中。

**(cf) in danger of** 危險；處於危險中

Both ice caps are **in danger of** melting these days.
兩極的冰冠最近都有融化的危險。

## 最常考『~ in』片語整理

**call in** 召來；召集；收集

Lawyers are often **called in** to write a will.
律師常被請來立遺囑。

**go in** 放得進；參加；進去

I am **going in** for the marathon this year.
我要參加今年的馬拉松比賽。

## 片語

**join in** 加入；參加；與…一起

I **joined in** the company five years ago.
我在五年前進入了這家公司。

### 最常考『~ into』片語整理

**build into** 使成為組成部分

Tom **built** the bookshelf **into** the walls of his room.
湯姆把書櫃嵌在房間的牆壁裡面。

**bump into** 碰撞；偶遇；巧遇

Tom **bumped into** Peter at the park.
湯姆在公園偶然遇到了彼得。

**fit into** 與…適合；與…一致

Her foot **fit into** the shoe perfectly.
鞋子的尺寸與她的腳完全一致。

**move into** 遷入新居；移入

Rising labor costs have forced many factories to **move into** developing countries.
增加的勞動力成本迫使許多工廠遷移至發展中國家。

**put... into** 把…放進；使進入

Can you believe Louis **put** her cat **into** microwave to dry it?
你能相信嗎？露易絲居然把她養的貓放進微波爐裡烘乾。

**run into** 陷入；撞到；遇見；與…相撞；偶遇

This morning I **ran into** Peter.
今早我遇見了彼得。
I **ran into** an old acquaintance when I was hurrying to my office.
我在趕往辦公室的路上遇到了熟人。

**(cf) run across** 偶然遇到；穿過

Anastasia **ran across** the playground chasing the jumping rabbit.
安娜絲塔西穿越遊樂場，追逐那隻蹦跳著的兔子。

## 最常考『~ of』片語整理

**dream of** 嚮往；夢見；夢想

Victor gave up his **dream of** becoming a lawyer.
維克托放棄當律師的夢想。

**think of** 認為

What do you **think of** him? I think he is nothing but a fool.
你覺得他怎麼樣？我覺得他只不過是個笨蛋。

**get hold of** 抓住；得到；控制

The manager wanted to **get hold of** our competitors' plans.
經理想要掌握競爭者的計畫。

Tom spent several hours trying to **get hold of** his lawyer.
湯姆花了好幾個小時來聯絡他的律師。

**lack of** 缺乏；不足；沒有

The **lack of** food and water kept the villagers in the blues.
食物和水的不足使得村民們悶悶不樂。

## 最常考『~ off』片語整理

**take off** 脫下；脫掉衣服；起飛

The plane had **taken off** by the time my boss arrived.
我老闆到達時，飛機已經起飛了。

It was hot in the room so Jack **took off** his sweater.
房間裡很熱，於是傑克脫掉了毛衣。

The golden rule of driving a car is never to **take** both hands **off** the steering wheel.
駕駛汽車的基本原則是永不讓雙手離開方向盤。

**call off** 取消；把…叫開

The angry bride decided to **call off** the wedding.
憤怒的新娘決定取消婚禮。

## 最常考『on ~』片語整理

**on behalf of** 代表

The king spoke **on behalf of** the people.
國王代表人民發言。

**on cue** 恰好在這時候

Bill had just left the classroom when the teacher walked in **on cue**.
比爾剛剛離開教室的同時，老師就走了進來。

**on credit** 賒帳

Many stores refuse to accept **on credit** payments.
許多商店都不接受賒帳。

**on duty** 值日；值班

Only one doctor was **on duty** today.
今天只有一名醫生值班。

**on occasion** 偶爾

Tony eats at popular restaurants **on occasion**.
東尼偶爾會去熱門的餐廳用餐。

**on an average** 平均；一般

**On an average**, men are taller than women.
平均而言，男人比女人高。

**on the alert** 警戒著；密切注視著

Having being **on the alert** for seven hours, he is worn out.
保持警戒七個小時後，他累壞了。

**on the decline** 衰弱；下跌；越來越差

The number of robbery in this area is **on the decline**.
此地區的搶劫案數量正在下降。

**on the decrease** 降低

The need for books is **on the decrease.**
書籍的需求量正在下跌。

**on the reverse** 相反的

Their diligent work yielded results **on the reverse.**
他們辛勤的工作卻產生了反效果。

**on the brink of** 瀕臨；處於…的邊緣

The country's economy is **on the brink of** great depression.
這個國家的經濟正面臨大蕭條。

**on the edge of** 在…的邊緣

The company is **on the edge of** bankruptcy.
這家公司在破產邊緣。

**on one's own** 獨立；依靠自己

Mary always does homework **on her own.**
瑪麗向來都獨立完成作業。

## 最常考『~ on』片語整理

**blame...on** 把…歸結於

Bob **blamed** the project's failure **on** Joseph's carelessness.
鮑伯把工程的失敗歸咎喬瑟夫的草率。

**concentrate on** 全神貫注於；集中精力於

You should **concentrate on** your studies.
你應該專注於學業。

**comment on** 評價；評論；發表意見

The teacher **commented on** my paper and gave it an A.
老師評我的論文，並給了甲等成績。

## 片語

**dawn on** 逐漸明白；開始被理解

It **dawned on** us that we had missed the highway exit.
我們逐漸意識到錯過了高速公路的出口。

**go on** 發生；繼續

Tom's humor broke the ice, and our meeting **went on**.
湯姆的幽默打破了僵局，會議才得以繼續下去。

Even though we don't know which direction is right, we must decide on one and **go on** as soon as possible.
雖然我們不知道哪個方向是對的，但我們必須盡快確定一個方向並繼續前進。

**keep on** 愛好；繼續；不斷

Since your offer is far from being competitive, I don't think it is necessary to **keep on** bargaining.
既然你的報價相當缺乏競爭力，我覺得沒有必要繼續討價還價。

**insist on** 堅持

As an experienced player, Jim **insisted on** taking charge of the team.
身為一名有經驗的球員，吉姆堅持要負責整支球隊。



### 最常考『~ one's ~』片語整理

**within one's reach** 可控之內；可達到的

Bob suddenly realized that success was **within his reach**.
鮑伯突然發現成功觸手可及。

**beyond one's reach** 達不到的

Mary didn't accept the task because it was **beyond her reach**.
瑪麗沒有接受任務，因為那超出了她的能力範圍。

### 最常考『out of ~』片語整理

**out of breath** 上氣不接下氣；喘不過氣

In order not to be caught, the thief ran until he was **out of breath**.
為了不被抓住，小偷跑到上氣不接下氣。

**out of condition** 健康不佳

He has been **out of condition** for several weeks.
他幾個禮拜以來身體狀況都不佳。

**out of control** 失去控制

The teacher is expected to be in charge of the class, but the class seems **out of control**.
老師被要求負責管理班級，但班上卻似乎不受控制。

**out of date** 過時的

The bus schedule is **out of date**; we should not refer to it.
這份公車時刻表已經過期了，我們不能參考它。

**out of fashion** 退流行

Sometimes clothes that are **out of fashion** will become fashionable again.
有時候，過時的衣服還會重新流行起來。

**out of order** 壞了；無法正常運作

William dropped the telephone and it is now **out of order**.
威廉摔了電話，現在它無法運作了。

**out of reach** 無法取得

Past achievements are now **out of reach**.
過去的成就如今再也無法取得。

**out of town** 出門；不在城裡

As a big company's CEO, Smith is always **out of town** for business.
身為一家大型公司的總監，史密斯總是出差。

**out of trouble** 脫離困境；擺脫麻煩

Polly will pull strings to keep herself **out of trouble**.
波莉將透過私人關係讓自己置身事外。

**out of use** 作廢；不再使用；淘汰了的

Since the new machines were introduced, the old ones were **out of use**.
自從引進新機器後，那些舊機器就不再使用了。

## 片語

### 最常考『~ out of』片語整理

**get out of** 脫離；離開；洩露

You need to guarantee that the deadly gas would never **get out of** the factory.
你必須保證這些致命的氣體永遠不會從工廠中洩露出去。

**step out of** 從…出來

Why don't you **step out of** the vehicle slowly and hand me your keys?
你何不慢慢地從車內出來，然後把鑰匙交給我？

**cry out of** 大聲呼喊

As we watched the season finale, Charlton **cried out of** happiness.
當我們收看這一季的大結局時，查爾頓因為太高興而叫了出來。

**(cf) cry out for** 迫切需要

Tony **cried out for** comfort, so his friends accompanied him.
東尼急需安慰，因此他的朋友們便去陪伴他。

### 最常考『~ out』片語整理

**break out** 突發；爆發

The war **broke out** ten years ago.
戰爭十年前爆發。

**carry out** 執行；實現；貫徹；完成

You should try to **carry out** your work no matter how hard it is.
不管工作多麼困難，你都應該設法完成。

**come out** 結果是；出現；出來

Words **came out** that John is the killer.
傳聞約翰就是殺人兇手。

**die out** 消失；滅絕

The candlelight is becoming dimmer; I think the fire is **dying out**.
燭光漸漸變暗，我想火快熄滅了。

**figure out** 想出；找出

You cannot **figure out** this problem, let alone that one.
你連這個問題都想不出辦法，更別說那個了。

**find out** 找出；查出

Angela tried to **find out** where her father hid her birthday present.
安琪拉試著尋找爸爸埋藏她生日禮物的地方。

Have you **found out** the time for the earliest flight to London?
你查到飛往倫敦的最早航班幾點起飛嗎？

**look out** 留神；當心

Tell the children to **look out** when they cross the street.
告訴孩子們過街時要小心。

**try out** 試驗；測試

Kate decided to **try out** for the volleyball team.
凱特決定參加排球隊選拔測試。

**work out** 健身；結果；解決；訓練；算出；制定出

John **worked out** the problem within a short time.
短時間內約翰就解決了這個問題。

He kept emphasizing the importance of **working out** every day.
他不斷強調每天健身的重要性。



## 最常考『~ over』片語整理

**get over** 恢復；克服

I think it will be difficult for Gary to **get over** the failure.
我認為蓋瑞將很難從失敗中走出來。

**think over** 考慮；考量

You should **think over** your actions.
你應該考量一下自己的行為。

### 片語

**concern over** 對…憂慮；關心

The workers are all **concerned over** their welfare.
工人們都很關心自己的福利。

**have an advantage over** 勝過；比…有優勢

Tom went to college in order to **have an advantage over** the others.
湯姆為了比別人更有優勢而去上大學。

## 最常考『~ round』片語整理

**bring ... round** 使恢復；使改變主意

This bottle of ammonia will soon **bring** him **round**.
這瓶氨水很快就會使他甦醒過來。

They gave Anna some water to drink to **bring** her **round**.
他們給了安娜一點水喝，使她恢復知覺。

**hang round** 閒逛；溜達；逗留

He just **hangs around** in the plant, doing nothing.
他只會在工廠裡面閒逛，什麼都不做。



## 最常考『~ used to』片語整理

**used to + 原形動詞** 過去常常；慣於；(過去)習慣做某事

He **used to** smoke but not anymore.
他過去曾經抽菸，但現在戒了。

People **used to** build up walls between each other.
過去人們習慣在彼此之間建立隔閡。

**used to be + P. P.** 過去曾經被

The market **used to be** occupied by Americans.
這個市場曾被美國人占領。

**be used to + 原形動詞** 被用來

Cosmetics **are used to** attract the opposite sex.
化妝品被用來吸引異性。

**be used to + 動名詞 (現在)習慣做某事**

I **am used to** reading books before I go to bed.
我習慣在睡覺前讀書。

## 最常考動詞『~ up』片語整理

**act up 出毛病；調皮；運作不正常**

The car's engine always **acts up** on rainy days.
汽車引擎老是在下雨天出毛病。

**block up 堵塞；擋住**

The water pipe is **blocked up** by garbage.
水管被垃圾堵住了。

**blow up 大發脾氣；爆炸；被炸飛**

Your mother will **blow up** if you don't behave well.
如果你不表現良好，你的母親會大發雷霆的。

The train **blew up** and hundreds of passengers were hurt.
火車發生爆炸，有數百名乘客受傷。

**break up 終止；結束；分手；分解**

The football game didn't **break up** until 12:00.
足球比賽直到十二點才結束。

**bundle up 捆紮；使暖和**

The mother is **bundling up** her daughter's hair.
媽媽正在為女兒綁頭髮。

Beck **bundled up** his old clothes and threw them away.
貝克把舊衣服綑起來丟掉。

**check up 核對；檢查；檢驗**

He was careful enough to **check up** every detail.
他仔細地核對每個細節。

## 片語

### clean up 收拾乾淨；清理；打掃；整理；使變清；放晴

I have to **clean up** my room.
我得打掃房間。

It's my turn to **clean up** the kitchen after dinner.
輪到我在晚餐後收拾廚房了。

The workers **cleared up** the silt in the river.
工人們清除了河中的淤泥。

Mom spent the afternoon **clearing up** the kitchen.
媽媽花了一下午的時間收拾廚房。

The sky may **clear up** tomorrow, then we can go out.
明天或許會放晴，那樣的話我們就可以出去了。

### count up 把加起來；共計

The whole family is **counting up** on him for support.
一家人都指望他養家糊口。

### cover up 掩飾；蓋住；掩蓋

The government is trying to **cover up** the scandal.
政府正企圖掩蓋這則醜聞。

What Lily did could not **cover up** her loneliness.
莉莉所做的事情無法掩飾她的孤獨。

### crack up 崩潰

Jerry **cracked up** because of too much work.
傑瑞因為太多的工作而崩潰了。

### curl up 捲起

He **curled up** in his blanket but still felt cold.
他捲曲在氈子裡，但仍然覺得寒冷。

### cut up 切碎；抨擊

The film was severely **cut up** by reviewers.
這部電影受到了評論者的嚴厲抨擊。

**eat up** 擊垮；吃光；耗盡

Jack **ate up** all the leftovers in the plate.
傑克把盤子裡的剩菜都吃掉了。

**give up** 放棄

They wanted to **give up** the game, but the desire for victory got the better of them.
他們本打算放棄比賽，但最後求勝的欲望占了上風。

**hold up** 舉起；阻擋；攔截

The balloon is **held up** in mid-air by the wind.
風使氣球飄在半空中。

**join up** 連接；參軍；聯合起來

Chinese and Japanese workers **joined up** to build the Cross-Sea bridge.
中日兩國的工人攜手建設跨海大橋。

**make up** 構成；占；編造；化妝；彌補；組成

FodEs has a trade amount of 1.3 billion dollars, **making up** 2/5 of the total amount in the field.
FodEs公司的交易金額高達十三億美元，占業界總交易金額的五分之二。

**meet up** 偶然遇見；見面

The advisory committee **meets up** once a week.
顧問委員會每星期見一次面。

**pick up** 接某人；學(語言)；撿…

Shall I **pick** you **up** on my way to the company?
需要我在去公司的路上順便接你嗎？

**ring up** 打電話給某人

I will **ring up** the supervisor to see if he is there.
我會打電話給主管，看他在不在。

**show up** 出現；出席

The guide did not **show up** on time.
導遊沒有準時出現。

**speed up** 加速；加快

We were asked to **speed up** production.
我們被要求加快生產速度。

**stay up** 不睡；熬夜

Ann had to **stay up** to finish the task.
安不得不熬夜來完成任務。

Because I **stayed up** last night writing the paper, I feel like sleeping now.
我昨天熬夜寫論文，現在很想睡。

**stand up** 站起來

At the end of the concert, fans **stood up** to give the singer a big hand.
演唱會結束後，歌迷們起身為歌手鼓掌。

**step up** 加快；提高；走進；登上去

Jim **stepped up** at the crucial moment.
吉姆在關鍵時刻站了出來。

**use up** 耗盡；用光；用完

The painters **used up** all the paint for the walls in the house.
油漆工刷房子裡的牆壁，用光了所有油漆。



**sign up** 註冊

Before **signing up**, please read the terms and conditions to understand your rights.
註冊前，請看一下條款和條件以明白您的權利。

**(cf) sign up for** 報名參加；註冊；選課

Jack **signed up for** the sample tryout service.
傑克報名參加了樣品試用服務。

## 最常考動詞『~ upon』片語整理

**act upon** 對…起作用；根據…行事

Johnson regrets not having **acted upon** his manager's order.
強森後悔沒有按照經理的吩咐去做。

**stumble upon** 偶然找到；偶然遇到

I happened to **stumble upon** my high school teacher yesterday.
我昨天碰巧遇到了高中時的導師。

## 最常考『～to＋名詞／代名詞』片語整理

**adhere to** 黏附；堅持

When you sweat, clothes usually **adhere to** your skin.
流汗時，衣服往往會黏住皮膚。

**cling to** 黏住；依附；依靠；黏在；堅持；效忠

Wet clothes usually **cling to** the skin.
溼衣服往往會黏在皮膚上。

Tom **clung to** his dreams all these years.
湯姆這些年來一直守著他的夢想。

The paper **clung to** the window and you need to clean it up.
紙黏在了玻璃上，你需要去把它清理掉。

To be safe, we need to **cling to** the general.
為了安全起見，我們須要效忠將軍。

**conform to** 順應；遵照；符合

You should **conform to** the laws in my nation.
你應該遵守我們國家的法律。

All the drivers should **conform to** traffic regulations.
所有的司機都應該遵守交通規則。

**in addition to** 此外；除…之外；除了…(＝besides)

**In addition to** going to school, you also need to participate in extracurricular activities.
除了上學，你還需要參加課外活動。

**as to** 至於；關於

**As to** when to enter the park, we will discuss later.
至於何時進入公園，我們晚點再討論。

## 片語

**stick to** 堅持

At any rate, we are still going to **stick to** the original plan.
不論如何，我們還是會按照原計畫行事。

**talk to** 談話；責備

Tiffany bought a talking parrot last week so she can **talk to** it when she is bored.
蒂芬妮上禮拜買了一隻會說話的鸚鵡，這樣她無聊時就可以和牠對話。

**prefer to** 更喜歡；寧願；較喜歡

Chairman Li **prefers** going **to** coffee shops.
李主席比較喜歡去咖啡店。

Lucy **prefers** using the abacus **to** the calculator.
比起計算機，露西寧願使用算盤。

**superior to** 比…優越

Regular employees are considered **superior to** temporary workers.
全職員工被認為比臨時工高一等。

**inferior to** 較劣於；次於

Tom does not wish to be **inferior to** others.
湯姆不想比別人差。

**listen to** 聽講；聽別人說

The jury was **listening to** the witnesses' testimonies.
陪審團聆聽了目擊者們的證詞。

When we were **listening to** music, Tom burst in on us.
正當我們在聽音樂時，湯姆打擾了我們。

## 最常考『~ to + 原形動詞』片語整理

**begin to** 開始；開始做某事

The moment Peter left for work, it **began to** snow.
彼得剛剛出發去上班，就開始下雪了。

The people in the line for the movie were **beginning to** grow unsettled after hours of waiting.
排隊等著電影的人們，在等了幾小時後都開始心神不寧了。

**force ... to ...** 強迫某人做某事；強制

John's parents never **forced** him **to** do anything against his will.
約翰的父母從不強迫他做他不願意做的事。

**(cf) be forced to** 被迫

In the fiction novel, the Martians **were forced to** give up their liberty.
科幻小說中，火星人被迫放棄自由。

**be free to** 自由地；隨意

Mr. Lee said that I **am free to** leave the office after I finish my work.
李先生說我完成工作後就可以離開辦公室。

**feel free to** 自由地；隨意

**Feel free to** design a new machine; I believe you can do it well.
請儘管去設計新機器，我相信你能做好。

**so as to** 為了…而

We left home early **so as to** catch the earliest train.
為了趕上第一班火車，我們很早就出門了。

## 最常考『~ way』片語整理



**by the way** 附帶一提；順帶一提；對了

**By the way**, I appreciate your service.
附帶一提，我對你們的服務感到滿意。

**in my way** 妨礙我

Why are you always **in my way**?
你為什麼總是要妨礙我？

**lose one's way** 迷路

Jane **lost her way** in the jungle.
珍在叢林裡迷路了。

## 最常考『~ with』片語整理

**bring with** 取來；拿來；帶來

**Bring** an umbrella **with** you, in case it rains.
帶著雨傘吧，以防下雨。

You had better **bring** an umbrella **with** you.
你最好帶把雨傘。

**deal with** 處理；應付；涉及

It takes patience to **deal with** old people.
應付老人需要耐性。

How to **deal with** the problem is up to the manager.
問題的處理方式由經理決定。

**coincide with** 和…一致；相同；同時發生

My many hobbies **coincide with** Anna's.
我和安娜有很多共同的興趣。

**collaborate with** 與…合作；和…合作

Your plan coincides with mine; I would like to **collaborate with** you.
你的計畫和我的一致，我想和你合作。

**dispense with** 免除；無需；免掉

The unimportant matters may be **dispensed with**.
那些不重要的事情可以忽略不計。

**go with** 和交朋友；伴隨；與…相配

Tom's tie doesn't **go with** his shirt today.
今天湯姆的領帶和襯衫不配。

If you don't tell me why I should go, I will never **go with** you.
若你不告訴我為什麼我得去，我絕對不會跟你走的。

**catch up with** 趕上

You have to work harder to **catch up with** Peter.
為了趕上彼得，你必須加倍努力工作。

**come up with** 提出；想出；提供；發明

The manager told us to think about the problem and **come up with** a solution.
經理要我們思考這個問題，想出一個解決辦法。

**put up with** 忍受

All of us have to **put up with** the boss's bad temper.
我們都得忍受老闆的壞脾氣。

**along with** 與一道；一起

Jeff worked **along with** his friend Bush in Fiot.
傑夫與朋友布希一起在菲歐特公司工作。

**Along with** a letter, Tom mailed the gift to his wife.
湯姆把信件和禮物一起寄給他的妻子。

I put the documents in your briefcase so you could take them **along with** you.
我把所有檔案都放在你的公事包裡，這樣你就能一起帶走了。

**together with** 和…一起

You can go to Japan **together with** Aya. She was born and raised there.
你可以和阿亞一起去日本，她是土生土長的日本人。

**in collaboration with** 與…合作；與…勾結

We finish the task **in collaboration with** each other.
我們互相合作完成任務。

**in connection with** 與…有關

The evidence is **in connection with** the case.
那樣證據與案情有關。

**compare with** …與…相比

**Compared with** your classmates, you need to study harder.
和同學相比，你需要更加努力學習。

**in comparison with** 和…比較

**In comparison with** desktop computers, I prefer laptops.
和桌上型電腦相比，我更喜歡筆記型電腦。

## 和否定字有關的片語整理

### hardly any 幾乎沒有

We have had **hardly any** orders recently.
我們最近幾乎沒有收到訂單。

### hardly ever 很少有

The boss **hardly ever** shows his satisfaction.
老闆很少表現出滿意的樣子。

### no doubt 沒有疑問

We have **no doubt** about the accuracy of the statistics.
我們對於統計資料的準確性沒有疑問。

### no longer 已不；不再

My assistant is **no longer** impolite to customers now.
我的助理現在不再對顧客無禮了。

She sat silently, feeling that she would **no longer** be loved.
她安靜地坐著，感覺自己不會再被寵愛了。

My English teacher **no longer** teaches at that school.
我的英語老師已經不在那所學校工作了。



### nothing but 只不過

You are **nothing but** a liar!
你不過是個騙子！

### has／have nothing to do with 和…無關

Tom looks as if this **has nothing to do with** him.
湯姆看起來好像這件事與他毫無關聯。

### on no account 不論何種情況

**On no account** will we lower our prices.
不論何種情況，我們絕不降低價格。

**not ... any more** 不再

Running short on gas, the car is **not** moving **any more**.
汽車的汽油不夠，不能動了。

**under no circumstance** 在任何情況下都不；無論如何都不

She made it clear that **under no circumstance** will she apologize.
她清楚地表達了不論如何她絕對不會道歉。

**be動詞 + no use + 動名詞** 白搭；沒用的

It's **no use warning** Jack; he's a lazy worker.
警告傑克是沒有用的，他是個懶惰的員工。

**in no way** 絕不；一點也不

**In no way** should we pollute the environment.
我們都無論如何不該汙染環境。

**in no case** 無論如何不；決不

**In no case** should you steal the money.
無論如何你都不該偷錢。

**cannot help** 禁不住；忍不住

I **cannot help** but trust you, although your ideas sound odd.
雖然你的想法很奇怪，我還是不禁相信你。

**cannot but** 禁不住；不得不

I **cannot but** read the dull book because there is nothing else to do.
因為無事可做，我除了閱讀那本無趣的書以外別無選擇。

## 原因和結果相關片語整理

**as a result** 結果

I worked really hard in that company, **as a result** I received a good pay.
我在公司裡拚命工作，結果得到了很好的報酬。

## 片語

**as a result of** 由於；因此；作為結果

**As a result of** the storm, many people are now homeless.
因為那一場暴風雨，現在許多人都無家可歸。

**on account of** 因為；由於

Eva could not cross the river **on account of** the rough water.
由於水流湍急，伊娃沒辦法過河。

**due to** 由於；歸因於

**Due to** financial crisis, many firms were closed.
由於金融危機，許多公司都關閉了。

**because of** 由於；因為

Mary was late **because of** oversleeping.
瑪麗之所以遲到是因為睡過頭。

The party was called off **because of** the fire.
因為火災的緣故，聚會取消了。

## ❖推薦書單❖

作　者　陳　頎
書　號　3AC3
定　價　280元

### 瞬間理解英文閱讀

哪怕是一個字、一個詞，也要不間斷的練習！

閱讀策略大公開：介紹各種閱讀策略及閱讀技巧，幫助讀者更快更順利地閱讀。

分析句義技巧大公開：介紹如何分析句子，藉此看懂困難的句子，順利了解文章的意思。

精選分類文章：收錄各類型的文章，快速建立各類主題文章的常用單字庫，增進閱讀實力。

各種題型大融合：除了閱讀選擇題，因應多元考試的新題型，收錄各種主題式的文章，供讀者練習閱讀。

作　者　丁連財
書　號　3AA6
定　價　480元

### WOW！字彙源來如此—生活篇

本書以排列組合的概念，用字綴組合串聯的方式，輕鬆記憶單字。「生活篇」可分為「數字與數目」、「大小與數量」、「時間與歲月」、「飲食」、「衣著服飾打扮」、「環境房屋與居住」、「行走交通旅行」、「教育教導教養」、「休閒娛樂消遣」、「消費購物」、「就業謀職」、「外表性情交友」、「性與婚姻」等單元。每個單元包含「字源線索」、「拆字猜義」、「源來如此」三部分。

## ❖推薦書單❖

作　者　丁連財
書　號　3AA7
定　價　330元

### WOW！字彙源來如此—健康篇

本書以排列組合的概念，用字綴組合串聯的方式，輕鬆記憶單字。「健康篇」可分為「性與生殖育兒」、「成長老死喪葬」、「養生保健」、「疾病與醫療之一」、「疾病與醫療之二」、「整形塑身美容」、「戶外活動與運動」、「飲食與營養」八個單元。每個單元包含「字源線索」、「拆字猜義」、「源來如此」三部分。

作　者　丁連財
書　號　3AA8
定　價　480元

### WOW！字彙源來如此—社會篇

本書以排列組合的概念，用字綴組合串聯的方式，輕鬆記憶單字。「社會篇」可分為「國家民族與地域」、「州邦省與城市鎮」、「君王權貴與人民」、「政治與外交之一」、「政治與外交之二」、「戰爭與軍事之一」、「戰爭與軍事之二」、「法律與犯罪刑罰」、「經濟商業與理財」九個單元。每個單元包含「字源線索」、「拆字猜義」、「源來如此」三部分。

國家圖書館出版品預行編目資料

圖解校園英文單字片語／李冠潔著.--初版.--
臺北市：書泉，2014.04
面；公分
ISBN 978-986-121-904-2（平裝）
1.英語 2.詞彙 3.慣用語
805.12 103002928

3AN6

# 圖解校園英文單字片語

作　　者—李冠潔（96.5）
發 行 人—楊榮川
總 編 輯—王翠華
主　　編—朱曉蘋
執行編輯—吳雨潔
封面設計—吳佳臻
內文插畫—劉好音
出 版 者—書泉出版社
地　　址：106台北市大安區和平東路二段339號4樓
電　　話：(02)2705-5066　傳　　真：(02)2706-6100
網　　址：http://www.wunan.com.tw
電子郵件：shuchuan@shuchuan.com.tw
劃撥帳號：01303853
戶　　名：書泉出版社

經 銷 商：朝日文化
進退貨地址：新北市中和區橋安街15巷1號7樓
TEL：(02)2249-7714　FAX：(02)2249-8715

法律顧問　林勝安律師事務所　林勝安律師

出版日期　2014年4月初版一刷
定　　價　新臺幣380元